帥醫筆記

之7 身世蹊蹺

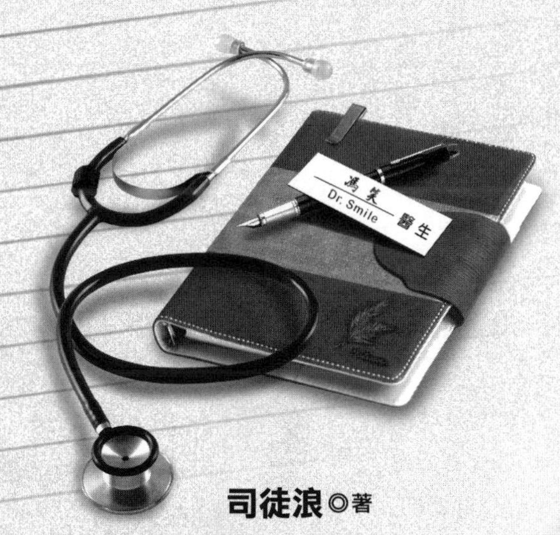

司徒浪◎著

我是一名婦科醫生。
每天，我都會接觸到女人那些難以啟齒的病痛，
我的職責便是為她們解除痛苦。
假如我看她們的笑話，出賣她們的隱私，
將她們的病痛當做閒聊話題，我就是個毫無廉恥的卑鄙小人。
我總認為女人比我們男人乾淨，她們不像我們男人，
為了競爭爾虞我詐，用心計、耍手腕，
她們心地善良單純，我因此本能地對她們產生憐愛。
我覺得女人真是一種奇怪的動物，她們有時候很難讓人理解。
女人的情感，就彷彿是天上飄著的一片雲，來無影去無蹤。
有時候你會覺得她們很變態，真的，她們固執起來的時候真的很變態。
說到底，男人或許是一種極端自私的動物，在他們眼中，只有獵物，沒有女人。
於是，許許多多說不清道不明、不便說也不能說的事情發生了。
而我只能將一切藏在心中，或者，寫入我的筆記……

——馮笑手記

目錄

帥醫筆記

第一章

老同學的會面

我總覺得今天的事情不大對勁。
康得茂是省委組織部的幹部，而且即將面臨提拔，
但他在我面前的表現，卻讓人感覺有些輕浮。
難道他真的是因為見到我激動了的緣故？
再有，他竟然把他最不光彩的事也告訴了我。
這是為什麼？

辦完了科室裏的事後，我即刻給蘇華打電話。我讓她到科室來拿錢。

「多少？」她問道。

「不是說好的二十萬嗎？」我說。

「現金？」她問。

「是啊。怎麼啦？」我說。

「沒什麼。馮笑，想不到你這人蠻豪爽的，問都不問我拿去幹什麼，就把錢拿來了。」她說，很感動的語氣。

「誰叫你是我學姐呢？」我笑道。

「那麻煩你拿到你們科室外面來吧，我馬上過來。我不想看到科室的那些人。」她說。

我很理解她，隨即答應。

在科室的外邊，我把錢給了她，一隻塑膠口袋裝著的。她隨即遞給我一張借條，我看見上面寫著二十萬的金額，還有她的簽名。頓時，我明白她剛才為什麼要問我多少錢了，「蘇華，你這是幹什麼？」

「馮笑，我是找你借錢的。」她說，隨即媚了我一眼，「你以為是我賣身給你的錢啊？」

我拿著借條，有些不知所措，「那也用不著它啊。等你有錢，還我就是了。」

「我會很快就還給你的，半年之內吧。」她說，「我準備貸款一套小戶型的房子。交首付。我覺得住在你那裏也不大好，你老婆出事了，我住在那裏不大方便，而且……嘻嘻！每天晚上總是會想你。好啦，謝謝你啦，學弟。」

她隨即離開，很歡快的步伐。

我有些疑惑，她說半年就可以還給我了，難道不育中心那麼賺錢？忽然想起王鑫的事情來，急忙地叫住了她，「對了，還有件事情。」

她轉身來看著我，我急忙朝她跑了過去，「學姐，王鑫說想請你吃頓飯，說有事情找你，就今天晚上。我要值夜班，你就答應他這一次吧，今天他可是幫了我一個忙的。」

她看著我笑：「你對他瞭解嗎？」

我笑道：「他好像除了怕老婆，還有就是喜歡美女，其他的都還好吧？」

「你知道他找我什麼事情嗎？」她又問。

我搖頭：「我沒問他。」

「你啊。」她搖頭，「好吧，看在你的面上，我就答應了。我知道他找我什麼事情。」

「什麼事情啊？」我頓時好奇起來。

她癟嘴道：「還不是我們準備購買設備的事情。好了，這件事情你就假裝什麼也不知道吧。他不告訴你是對的，畢竟大家是一個醫院的人，知道的人多了不好。」

我這才明白，王鑫根本就沒想讓我參加吃飯的事情。不過我有些奇怪，蘇華能夠起多大的作用呢？轉念一想，頓時就明白了：找到她，就等於找到了董主任。

王鑫這人真夠鬼的。

中午，康得茂果然趕了過來，他開車來接我。他說去一家好點的酒樓吃飯。我覺得，他這是在擺譜，不過，我也樂於接受——誰讓人家是公務員呢？可以報賬的呢。

「你們組織部真不錯啊，還給你配車。」上車後，我豔羨地對他說道。

「這是一個朋友借給我的，相當於就是我的了，反正是我在用。」他說，隨即又道：「馮笑，你是我同學，我才對你說老實話，你在外邊別說這事啊。」

我笑道：「我沒那麼無聊吧？」

「聽說你和趙夢蕾結婚了？她現在怎麼樣？」他笑了笑，隨即問道。

其實，我今天答應和他吃飯的目的，也是想從他這裏瞭解一些關於趙夢蕾的情況，因為我對她前些年的事情，幾乎是一無所知。

「康得茂，你對她瞭解多少？我說的是趙夢蕾。」

他詫異地看著我，隨即大笑起來，「她是你老婆還是我老婆？這話怎麼聽起來怪怪的啊？」

我歎息，「我已經和她離婚了。她……她現在……哎！不說了吧。老同學，實話告訴你吧，我對她還真的不是很瞭解。說起來真的很慚愧。」

他看著我，隨即點頭，「我明白了。你以前讀中學的時候就喜歡她是不是？所以，你就不計較她曾經結過婚的事情了。是不是這樣？」

「你很瞭解她？」我驚喜地問道。

「是啊。她以前在北方工作，我也在北方讀書，當然瞭解了。不過，我瞭解的也不多，因為她以前的那個男人，根本就不允許她和我們男同學接觸，而且，我還聽說她以前的那個男人經常打她。馮笑，既然你娶了她，幹嗎還要和她離婚啊？她很慘的。對不起啊，也許我不該問你這件事情。」他說。

我沒有回答他，因為我無法回答，「你還知道她些什麼事情？」

「馮笑，你好像還是很關心她的嘛。我對她瞭解的真的不是很多。不過，我還聽說她和她父母的關係很不好。至於是為什麼，我就不知道了。不過，我聽說，好像與她以前的那個男人有關係。」他回答，隨即問我道：「馮笑，難道是她提出來要和你離婚的？」

我沉默，一會兒後才說道：「是啊。我很對不起她，不該同意和她離婚的。她，她前天晚上自殺了。」

他猛地剎住了車，「啊？為什麼？」

後面頓時傳來了刺耳的喇叭聲，他這才緩緩地又將車開動。

「你別問了，是我對不起她，我不該同意她離婚的事情的。」我黯然地道。

他不再說話，一直將車開到一處酒樓後才停下。

然後，我們都默然地進到酒樓裏面。

他開始點菜。

「馮笑，我下午要上班，不能喝酒。你也是這樣吧？」他這才來問我。

我點頭。

「馮笑，其實你不知道，我曾經也喜歡過她的。中學的時候，我家裏很窮，那時候想喜歡她卻又不敢。後來聽說她男人那樣對她，就找了個機會約了她出來，我對她說，你離婚吧，我也離婚。結果她沒有同意。馮笑，你多幸福啊，怎麼這麼不珍惜呢？」他隨即對我說道，語氣鬱鬱。

我有些吃驚，但覺得又很正常，因為趙夢蕾在我們班上是最漂亮的女同學，而那時候又正是我們的青春期。我不也正是因為那樣，才一直在喜歡她的嗎？現在，我聽到康得茂這樣責怪的語氣，心裏頓時更加難受了起來。

「是啊。我真混蛋，怎麼就不知道珍惜呢？」

「馮笑，你告訴我，她究竟是怎麼自殺的？為什麼要自殺啊？你不是說她自己提出來離婚的嗎？那樣的話，她幹嗎要自殺？」他問我道。

我心情糟糕極了，隨即斷斷續續地把整個事情告訴了他。當然，我沒有說林易的事情，也沒有說我和陳圓結婚的事。只是說，趙夢蕾兩次提出離婚，於是我就同意了。

「那個男人確實該死。不過，趙夢蕾這樣做也太過激了些。她完全可以通過法律的手段解決嘛，你也可以幫助她的，是不是？」他歎息道。

我不語，因為我忽然想起自己當初那種逃避的態度。現在我就在想，如果當初趙夢蕾要我幫助她與她的前夫離婚的話，我會去做嗎？我不敢肯定。

「馮笑，我給你講講我自己的事情吧。」他看了我一眼後又道，「先說說康老師的事情。其實高中時候，他還有一件事情做得很過分，那件事情你們都不知道。

那時候我不是住校嗎？有一天，該我做寢室的清潔，但是我忘記了，因為我當時一心想考上大學，很努力在讀書。我知道，像我那樣的家庭，唯有考上大學才是自己唯一的出路，所以，我比其他同學都刻苦。我知道老師和很多同學都看不起我，因為大家都覺得我家太窮……」

「不是的啊，當時大家不是還私下給你捐款了嗎？」我說。

他搖頭，「也許你沒有看不起我吧。但是我自己是知道的，因為從同學和老師的眼神裏面，我看得出來。所以我很自卑，而自卑的結果，往往是傲氣與叛逆，畢竟我的成績在班上是前幾名。這你是知道的。那次，我忘記了做清潔，結果被康老師檢查到了，他就來批評我，我當時心裏很煩，因為我發現自己還有很多道數學題沒弄明白，於是就沒理他，結果，他大發雷霆。馮笑，你知道他接下來做了一件什麼事情嗎？他，他竟然從我的床上抱起我的被子去擦地！

「你不知道，當時我差點一拳頭砸在他臉上！但是我忍住了，不是因為我怕他，也不是因為他是我老師的緣故，而是我告訴我自己：康得茂，你一定要忍住，如果你這一拳打出去的話，你這一輩子就完了。什麼考大學，什麼出人頭地，都沒有了。我真的忍住了，就在那裏靜靜地看著他那樣做，然後，靜靜地看著他氣沖沖地離開。

「後來，我考上了大學，一直到我工作後，又考上了研究生，我心裏其實一直都在恨他。前不久，我回了趟家鄉，無意中聽說他患上了腦瘤。不知道是怎麼的，我頓時覺得他很可憐，雖然我依然恨他，但我覺得他可憐得不值得讓我太恨他了。

「他老婆是農村的，還有兩個孩子正在上大學，他經過多年的努力，終於當上了我們母校的副校長，結果才當上不到半年，就發現腦袋裏面長了腫瘤。雖然我不是醫生，但是我知道，他做手術後即使不死，也不會恢復成正常人的狀態了。

「馮笑，你說我幹嗎還要去仇恨他？況且，我現在是組織部的幹部，我也想考驗自己能否做到有涵養，能否學會去忘記別人對我的傷害。我知道，如果今後自己要有大發展的話，就必須這樣做，而且必須做到。」

他說了這麼多，我開始感動起來，猛然地，我似乎想到了什麼，於是笑著問他道：「你大學畢業後，是回到家鄉工作吧？」

「是的。」他回答。

「祝賀你。」我笑著對他說。

「什麼意思？」他詫異地問我道。

「組織上最近要提拔你了是吧？最近正在考察你是吧？」我意味深長地問他道。

他看著我，一會兒便笑了起來，隨即歎息道：「你真是聰明人啊。馮笑，我小看了你。」

也許是宋梅曾經影響了我，所以我才忽然地想到了這一點：他這樣做的目的，絕不僅僅是為了單純地體現涵養，更不是因為同情，而是為了眼前的考察。他這樣做肯定會在他曾經工作過的地方，帶來極好的口碑。

以德報怨的品德，總是會被人稱讚的。

由此，我可以知道：自己眼前的這個人，今後會前途無量。

不過，我還是不大明白一件事情，「老同學，你說的這些事情與我和趙夢蕾有什麼關係？」

他搖頭：「沒有關係，因為我還沒有講完我的事情。我大學學的是農業，畢業後被分到家鄉的農業局工作。我和其他人一樣戀愛結婚，本以為自己這一輩子就那樣了，可是誰知道後來發生了一件事情。

「我老婆竟然和她的一個同學通姦。我將那件事情引以為奇恥大辱，但是我假裝什麼事情都不知道。而正是如此，才讓我有了考研的打算。就在我考上研究生的那一年，我提出了與她離婚。馮笑，你知道我為什麼不一開始就提出來和她離婚嗎？因為我不知道自己能否考上研究生，因為我不敢承受更大的打擊了。

「讀研期間，我利用業餘時間做生意，結果賺了不少的錢。於是，我就利用自己賺的錢把自己留在了省裏面。我知道，現在這個社會沒有錢是辦不成任何事情的。你看我現在，什麼都有了，一切都順利了，也重新結了婚，孩子也有了。

「你知道嗎？我心裏其實從來都沒有真正愛過自己的這兩個女人。我真正喜歡的還是趙夢蕾啊。馮笑，你知道嗎？我們在讀高中的時候，雖然在情感上還很朦朧，但那時候的情感卻是最刻骨銘心的。你是那麼的幸運，你得到了她，但是，她卻被你那麼輕易地放棄了。所以，我現在真的很想揍你。

「哎！她已經不在了，這樣也好，免得讓我還在心裏掛念她。馮笑，你是不是覺得我對你講這些很無聊、很莫名其妙？其實你不知道，我心裏的這些話，一直悶在我的心裏，直到今天才第一次說出來。你是我同學，而且還是趙夢蕾曾經的老公，所以我才會告訴你這些。因為她剛剛離開這個世界，所以我就想，或許她的靈魂就在你身邊不遠的地方，或許我說的這些話，她能夠聽見。」

我頓時呆住了，一會兒後才歎息道：「得茂，你不像馬上就要當官的人啊。你和我一樣的，情感太豐富了。」

他搖頭，「也許是吧。但是從今天開始，我就再也不會這樣了。馮笑，其實有些事情沒有對與錯，一切都是命運在作怪，你也不要太自責了。今天我很高興，終於能夠在這裏見到你這位老同學。對了，我還聽說，歐陽童也回來了，你見過他嗎？我找到了他的號碼，但卻發現是空號。」

我一怔，隨即道：「沒見過。」

「今天中午不能喝酒，晚上你又要值夜班。這樣吧，明天晚上我們一起喝酒怎麼樣？反正你最近心情不好。」他隨即說道，「我還想抽時間和你好好說說趙夢蕾的事情。對了馮笑，你不會生氣吧？」

我搖頭，「其實我很想多瞭解一些她的事情，結果你知道的也這麼有限。你說得對，我太不珍惜她了，現在後悔也來不及了。」

「事情已經過去了，再去多想就毫無意義了。」他說，「當然，你是她曾經的丈夫，如果你真的想要瞭解她的話，應該去找她的父母。」

我搖頭，「我不敢去。」

他看了看時間，「好了，我們儘快吃完飯。一會兒我不能送你了，下午我要開會，時間來不及了。」

「沒事。」我說，「明天再見吧，不過得我請你了。」

他看著我笑，笑得怪怪的。

我問他道：「幹嗎這樣看著我？」

「明天晚上，你可以叫幾個護士出來喝酒嗎？」他問我道，依然是怪怪的笑容。

這下輪到我奇怪了，「你最好不要那樣啊。你可是馬上要被提拔的幹部。」

「無所謂啊，就吃飯喝酒。馮笑，也許有一種方式可以讓你的心情好受點。那就是喝酒。有美女在一起，喝酒。」他笑著說。

我搖頭，「我現在被女人搞怕了，不想再去沾惹她們了。」

「哦？這樣說來，你以前還有很多的嘛。哎！趙夢蕾找到你真不值。我明白了，肯定是你認為她是二婚，所以你才追求平衡。是不是那樣？馮笑，我們是同學，所以我說話就無所顧忌了啊。」

「你說對了。」我歎息。

「最近我憋壞了。神經一直緊繃著。明天你想辦法叫幾個美女出來吧，讓我也輕鬆輕鬆。」他說。

我不置可否。

在回醫院的計程車上，我總覺得今天的事情不大對勁。康得茂可是省委組織部的幹部，而且即將面臨提拔，但是，他在我面前的表現，卻讓人總覺得有些輕浮的感覺。

難道他真的是因為見到我激動了的緣故？

還有就是，他竟然在我面前毫不顧忌地談及他喜歡趙夢蕾的事情，雖然也在責怪於我，但是卻並沒有真正生氣的樣子。

再有，他竟然把他自己最不光彩的事情也告訴了我。這是為什麼？

唯一的解釋就是，他想和我拉近關係。因為他給了我一種讓人不敢相信的坦誠。可是，他是省委組織部的幹部，而我呢？

也許是我自己太多心了。如果我遇到了老同學的話，可能也會像他那樣激動的，我不也把趙夢蕾的事情完全告訴他了嗎？還有上次，我與歐陽童見面的時候，自己不也是那麼的激動嗎？

當天晚上夜班。

讓我想不到的是，三個病人耽擱了我一個晚上的時間。

她們當然知道我今天的夜班，因為我剛剛才去病房走了一圈。

最先來的是丁香。

說實話，她一進來就讓我沉鬱了幾天的悲傷煩悶得到了緩解，因為她有美麗的笑容，還有無與倫比的迷人氣質。

「馮醫生，聽說你當官了？當主任了？」她坐到了我面前，笑吟吟地問我道。

「是副主任。」我正色地告訴她，隨即自己也忍不住地笑了，「怎麼樣？最近看上去精神狀態不錯。」

「是啊，我想明天出院了，我的學生們還等我回去上課呢。」她說。

「你是哪個學校的老師？」我隨即問她道。

「江南師範大學。你覺得我不像大學老師是吧？」她笑著問我道。

「像，怎麼不像？我說呢，你怎麼會記錄自己的病情呢。說實話，我第一次見到你這麼有趣的病人。」我笑道。

「有趣？你不知道人家多痛苦啊？我只是喜歡記筆記，每天把身邊發生的事情都記下來。習慣了。」她說。

「我說的有趣，絕對沒有把你的痛苦當做好笑的意思。」我急忙地道，「反而，我倒是覺得你很陽光。我就想，一個如此關心自己身體的人，肯定有著和別人不一樣的性格。呵呵！你剛入院的時候，那樣子可把我嚇了一跳。我頓時知道你遭受了多大的病痛折磨了，不然的話，還不至於讓你變成那樣。看來，我當時的猜測是對的。丁老師，我想，你的學生們都很喜歡你，是吧？」

「是啊，不過我沒告訴他們我在什麼地方住院，因為我不想讓他們看見我難看的樣子。」她笑著說。

我覺得她蠻好玩的，「你是教什麼的啊？」

「數學。」她說。

我頓時怔了一下，因為我實在無法將她與那冷冰冰的數學聯繫起來，不過，隨即還是說了一句，「數學好，數學不錯。」

她看著我，頓時笑了，「馮醫生，你這話違心了吧？你肯定在想，數學多無趣啊，是不是？」

我急忙地掩飾，「不是的啊。我們學醫的人也要學數學的，而且，大學本科裏面數學的課程還不少呢。」

她詫異地看著我，「不會吧？」

我點頭，「是真的，我們進校的第一年學的就是醫用數學、醫用物理和有機化學，大四的時候還要學統計學。」

「為什麼要安排那樣的課程？」她很感興趣地問道。

「學醫用數學和統計學的目的，是為了今後便於寫論文，因為醫學類的很多論文是要用資料說話的，比如做了多少例手術，治癒率多少，這些資料不能簡單地按照百分比計算。還有就是流行病學調查，當發現一種流行病的時候，也需要尋找真正的病原，這些都需要有嚴格的統計學資料。哎，可惜我就是這方面的東西沒學好，每次寫論文的時候都要去找以前的老師幫忙。」我笑著說。

「今後找我吧，我幫你這個忙。」她笑著說。

「好啊。」我高興地道。

說實話，我每次寫論文的時候，最害怕的就是這方面了。一篇論文有沒有價值，其中的統計學資料尤為重要。我每次萬不得已去找學校那邊的老師幫忙，人家都愛理不理的，每次都得送禮。送禮倒也罷了，關鍵是他們的臉色很難看，估計是找他們的人太多了。我相信，像我這樣沒學好那門課程的人，絕不止我一個，反而應該很多。它太難學了。

「那你們學物理幹什麼？化學什麼的倒可以理解，我估計是為了便於你們學好藥物方面的課程。」她隨即又問道。

我點頭，「是的。不過，不僅僅是藥物方面的。還有生物化學，生理學，病理生理等，都需要化學基礎。比如，食物進入體內後，是如何轉化成能量的那個過程，都需要化學。物理就更需要了，心電圖、CT等檢查器械的原理，都需要物理學的知識。」

「對呀，我怎麼沒想到？」她笑道，「馮醫生，想不到醫學還這麼有趣。其實我們數學也很有趣的，並不僅僅是冷冰冰的數字。很多人認為數學是門極其高深、晦澀難懂、離生活比較遙遠的學科。其實在我們的日常生活中，數學無處不在，我們所做的所遇到的都和數學相關，數學就像生活的影子。比如，我們常用到的互聯網，其中展示的價格、搜索排序、電子銀行等等，都與數學息息相關。」

我笑道：「有道理。」

「馮醫生，這次到你們這裏來住院，真的很感謝你。是你讓我的身體恢復了正常，也讓我有了生活的信心。所以，我想請你吃頓飯。只不過，不知道你什麼時候有空。」她隨即說道。

「不用。我是醫生，能夠看到你健康地從我們這裏出去，對我來講也是最高興的事情啊。」我說，很認真地對她說。

「這我相信，因為你是一位很好的醫生。不過，我一定要請你吃頓飯，因為我很想交你這個朋友。明天晚上吧，好嗎？」她說。

我很為難，因為我現在不想單獨和自己的病人一起去吃飯，我真的害怕了。

「馮醫生，你是不是不願意交我這個朋友啊？」她卻在看著我，一瞬不轉睛地看著我。

謝天謝地，就在這時候另外一個病人來了，「馮醫生，你在忙啊？」

是唐小牧。

丁香即刻站了起來，「你忙吧。明天晚上的事情就這麼定了啊。」

「明天晚上我有安排。乾脆這樣吧，你和我們一起吧。」我隨即說道。

「方便嗎？」她問。

「當然方便，就我和我同學兩個人。」我說。

「太好了。」她說，朝我嫣然一笑之後出去了。

我不住苦笑，隨即去對唐小牧道：「來，快來坐。你也可以出院了啊。明天就給你開出院單。」

「馮醫生，我先生想見見你。」她卻低聲地對我說道，臉上一片通紅。

我有些詫異，「哦？他人呢？」

隨即，我看見從辦公室門口處進來了一個人。

看著他，我暗自驚詫不已。

第二章 命運中的貴人

如果我給他聯繫了醫生，
而且他手術效果不錯的話，他才會送我那份禮物。
那是一份什麼樣的禮物啊？
竟然我不但會接受，而且還會主動找他要更多的東西？
沒想到，這個人將成為奠定我事業基礎極重要的人。
他就是我命運中的貴人。

醫生辦公室門口進來了一個身形瘦弱矮小的男人。大約五十來歲的模樣，不過，五官還比較端正。

唐小牧朝他走了過去，我差點笑了出來——這個男人竟然只有她肩膀那麼高。

唐小牧不但年輕，而且端莊漂亮，而這個男人，幾乎可以當她的父親了，而且個子竟然是那麼的矮小。我發現，他們看上去要有多不協調就有多不協調。

「你，先回病房去吧，我想與馮醫生單獨談談。」這個男人進來後的第一句話，竟然是對唐小牧說的。

「那，馮醫生，我回去了。」唐小牧對我笑了笑，隨即離開。

「您請坐。」我對他說，用的是尊稱，因為他年齡比我要大那麼多，而且這是病房，對病人及其家屬客氣一些是我的習慣。

這一刻，我心裏在想：這是一個什麼樣的人啊？怎麼敢私下去給他老婆做那樣的手術？

他坐下了。

我這才發現，自己眼前的這個人的眼睛有些小，他正在看著我。他的眼神讓我感到了有些不大自在。

「說吧，您找我有什麼事情？」我朝他笑了笑，隨即問道。

「你怎麼會是男的？」他終於開口了，問我道。

我頓時哭笑不得，「我當然是男的了。這有什麼不對嗎？」

「這是婦產科，你卻是男的。」他說。

我這才明白了他話中的意思：他認為婦產科裏面不應該有男醫生，所以覺得我不應該從事這個職業。

我不得不解釋，「在我們醫生的眼裏，病人沒有性別之分。」

「鬼才相信你們醫生的話！這是婦產科，專門看女人的，而且還是專門看女人的那個部位。難道你會把她們看成是男人？」他說，很激動的樣子。

我心裏很是不悅，因為我覺得他這是胡攪蠻纏，於是就很不想理他了，「說吧，你究竟有什麼事情？」

本來這時候，我完全可以質問他為什麼要給他老婆做那樣的手術的，但我還是忍住了。

「你看了我老婆的那地方，我對你很有意見。」他說。

我哭笑不得，「我是婦產科醫生，你老婆在我管轄的病床上，我要給她做檢查，還要治療。而且，每次都有護士在場，這完全是符合規定的。如果不是你自己膽大包天，什麼也不懂就去給她做手術的話，你老婆也不會到我們這裏來的。所以，即使你有意見，也只能是對你自己發洩。對不起，我本來不想說這件事情的，但是你太過分了，我不得不說。對不起，請你回去吧，你老婆現在已經恢復了，作為醫院和醫生，我們已經盡到了責任。你請吧，我還有事情。」

他卻沒動，「好吧，算是我無理取鬧。不過，我得請你幫我個忙。我可以給你一筆錢，但是你必須替我保密。」

我搖頭，「你的錢我不會要的。我是醫生，替病人保守秘密，包括保護病人的隱私，是我們最起碼的職業道德。所以，請你放心，我絕不會把你老婆做手術的事情拿出去講的。」

「不是這件事情。我老婆手術的事情，你當然得保密，我也相信你的職業道德。今天我來找你，也是因為聽我老婆說，你是一位不錯的醫生，技術過硬不說，態度也很不錯。」他說道。

「那你究竟有什麼事情？」這下我反倒奇怪起來了。

「我想請你幫我做手術。」他說。

我大吃一驚，「我？給你做手術？我是婦產科醫生呢。你搞錯沒有？」

「你婦產科的手術都做得那麼好，其他的手術也應該不錯。如果你願意的話，我給你錢，最好你到我家裏來給我做。」他說。

我覺得他的這個請求簡直是匪夷所思，不住搖頭，「不可以的，我不可以那樣。」

「你還不知道我做什麼手術呢，怎麼就一口拒絕了？」他問道，狐疑地看著我。

「第一，你是男性，不管你要做什麼樣的手術，我都不會答應你。第二，我不需要你的錢。所以，我不會答應你。」我說。心裏覺得這個人還真的是很奇怪。

「這……」他頓時變得不知所措起來，「那，我請你幫幫忙可以嗎？」

「其他的忙可以，這樣的忙我不會幫的。我是醫生，有自己的原則。我勸你，有什麼問題的話，還是去外科看吧。當然，如果你需要的話，我可以給你介紹那裏的醫生。上次你給你老婆做手術的教訓，你還不記取教訓啊？」我說。

他嘀咕道：「主要是男人的手術很麻煩，我自己做不了。」

我哭笑不得，「你還想自己給自己做手術啊？這可開不得玩笑！」

「你不給我做手術的話，我就只好自己做了。到時候做壞了就是因為你！」他說。

我不禁駭然，因為我想不到他竟然會這樣說話，就如同小孩子賭氣似的。

其實，他要賭氣的話，當然與我沒有任何的關係，不過，我不能眼睜睜地看著他可能出現危險而不管。

現在，我可以猜測到他可能要做的是什麼手術了，因為唐小牧給我說過相關的事情。於是，我繼續地勸他道：「一個人生病了，或者某個器官出現了異常，並不是什麼可笑的事情，關鍵是你自己要正確面對。不然，我們醫院開在這裏幹什麼？不就是為了替人們解決這些問題的嗎？這件事情你應該好好想想。在醫院裏面做手術的成功率很高，醫生也不會出去亂說。反而，如果你自己做手術做出了問題來，被別人知道的可能性還會大很多的。你說，是不是這個道理？」

他猶豫了一會兒後，說道：「你說的好像有道理。那這樣吧，你幫我先看看，看看有沒有做手術的可能？這總可以了吧？如果你看了，覺得手術達不到什麼效果的話，我就不到醫院來了。」

這下我就不好拒絕了，而且我心裏暗暗地有些好奇，他究竟有什麼問題？如果真的是他那個部位太小了的話，那他究竟小到了什麼程度呢？

「好吧，那你告訴我，你究竟哪裏有問題？」於是我問道。

他沒有回答我，而是快速去把我辦公室的門給關上了。現在我已經是副主任，所以就有了自己單獨的辦公室。

他來到了我面前，很忸怩的樣子。我看著他，等他說話。

可是，他接下來卻並沒有說話，而是直接脫下了他的褲子。

「你看，可以讓它變長變粗些嗎？」

看著他的那個部位，我不禁駭然，它太短小了，短小得像孩子的那個部位一樣。隨即，我去摸了他的那個部位，仔細地感覺它裏面的情況，心裏大概有了些概念。

我去洗了手，然後說道，「雖然我不是這個專業的醫生，但是我對其中最基本的東西還是很瞭解的。我覺得，手術應該有一定的效果。這樣吧，我給你聯繫一位醫生怎麼樣？」

從外觀看到的陰莖其實只是陰莖的一部分，陰莖的另一部分隱藏在恥骨下面的組織內，由陰莖懸韌帶固定。當切除陰莖懸韌帶後，這一部分陰莖也會外露出來，從而起到延長陰莖的作用。此外，用取自自身的皮膚組織，去除表皮，保留真皮和脂肪，移植到陰莖上，也可達到增粗陰莖的效果。這就是通過手術增長、增粗陰莖手術的基本原理。當然，在實際操作的時候，可是要複雜得多。保障血供，讓移植的組織存活，就不是一件簡單的事情。

我沒有把這些告訴他，因為我擔心他聽了後，自己去給他自己做手術就麻煩了。

我眼前的這個人有些讓人匪夷所思，我不敢想，還有什麼事情他做不出來的？

「馮醫生，你和那位醫生是朋友嗎？」他問道。

「你這話是什麼意思？」我不解。

「如果你和那位醫生是朋友的話，我想請他到我家裏去做這個手術。」他說。

我哭笑不得，「你以為這個手術簡單啊？涉及移植呢。移植你明白嗎？就是要把你某個地方的組織放到你的那個部位去。很精微的一個手術。你以為隨隨便便在你家裏面就可以做了啊？你這個人啊，不可理喻！你走吧，我懶得管你了。」

他怔了一下，隨即從衣服口袋裏面掏出了一盒煙來，竟然是軟中華。他打開，抽出一支朝我遞了過來，「馮醫生，你抽煙。」

「我不會抽。而且，這裏不允許抽煙。」我搖頭。

「我也不會抽煙。」他說，隨即把煙放回到了他的兜裏。

我覺得這個人有些意思，「可以問你嗎？你是做什麼工作的？」

「我是研究超音波方面的專家。」他洋洋得意地道。

「你對醫學超音波的應用也有研究？」我詫異地問他道。

「當然。超音波應用的範圍很廣，醫學方面只是其中之一。不過，醫學領域對超音波的使用要求更精微一些。」他說。

我彷彿明白了，「於是你就開始自學醫學方面的知識？」

他頓時黯然，「是啊，我本以為很簡單的，哪知道真正做起來，根本就不是那麼回事情。」

我頓時笑了起來，「你的膽量可真夠大的，你想過沒有？你那樣的手術，很可能造成你老婆大出血，會給她帶來危險的。」

「不會！」他說道，「在那之前，我可是在動物身上做過幾次的。哎，可是當我真正在她身上做的時候，忽然就感覺不一樣了。術業有專攻，古人誠不欺我啊。」

現在我發現，自己面前的這個人，十足就是一個書呆子，而且還很瘋狂。

「想不到你是如此不珍惜自己的老婆，你那樣做，簡直就是拿她的生命當兒戲啊。你知道嗎？你差點把你老婆給毀掉了。」我不禁歎息。

「是啊，我這個人就是有這個毛病，總是覺得自己幹什麼都行。結果，差點把她給害了。」他搖頭歎息。

「你怎麼還沒有意識到你自己最關鍵的問題呢？」我嚴肅地對他道，「你最關鍵的是，把你自己的臉面看得比什麼都重要，甚至超過了你妻子的生命。那樣的手術是你自己能夠做的嗎？對，在我們醫生看來，那個手術並不難，但我們可是經過專業化訓練過的啊。你呢？你的專業是搞超音波的，不是醫學！這次的事情，雖然沒有造成什麼大的後果，但是你如此糟踐自己老婆的健康與生命的做法，是完全錯誤的！我希望你能夠從現在起就認識到這一點。真是奇了怪了，你老婆竟然會同意你的這種瞎胡鬧！」

「我是科學家！」他臉上頓時一陣紅一陣白的，氣急敗壞。不過，他隨即頹然了下去，「哎！馮醫生，你批評得對。我就是這個毛病，死要面子活受罪。」

我發現，這個人除了可惡之外，還是很好玩的，因為他畢竟可以馬上認識到他自己的錯誤。忽然，我想起了一個問題，「你們有孩子嗎？」

「你這話是什麼意思？我可是很正常的。」他頓時不悅起來。

我暗自詫異起來，因為像他這樣的情況，往往精子會有異常的。看來，這個人還真的很另類。

我笑了笑，沒有回答他，急忙轉移了話題，「怎麼樣？需要我給你聯繫外科的醫生嗎？」

其實，他不知道關於生兒生女有一種說法：女人在受孕的那一刻，如果處於極度的激情之下，往往容易生兒子，反之，則很可能生女孩。這裏面有一定的科學道理，因為女人在極度興奮下分泌的某種激素可以讓帶有Y染色體的精子，更快游到女性的卵巢處。

「好吧。」他說，隨即來看著我，「馮醫生，看來你真是一個不錯的人，我決定送你一個大禮物。」

我搖頭道：「我可不要你的什麼禮物。你是一位學者，哦，不，你是科學家。」說到這裏，我差點笑了出來，極力地忍住，「所以，我願意幫助你，因為我們都是搞自然科學的人。」

他卻沒發現我的狀況，而是極其認真而嚴肅地對我道：「我必須要送你這份禮物的。到時候，你一定會接受的。」

「真的不需要。」這下，我不好和他開玩笑了，因為他畢竟是一片真誠。

他看著我笑，「你要接受的，會接受的。說不定還會主動來找我要更多的東西呢。」

我哭笑不得，「會嗎？可能嗎？」

他嚴肅地道：「會的，我肯定。」

說完後，他轉身離開，「再見，馮醫生。但願我們能夠再見。」

他開門出去了。我暗自納罕。

不過，他剛才的話我好像明白了：如果我給他聯繫了醫生，而且他手術的效果不錯的話，他才會送我那份禮物。那是一份什麼樣的禮物啊？竟然我不但會接受，而且還會主動找他要更多的東西？

我不禁搖頭而笑：這真是一個怪人。

我沒有想到，這個人後來竟然成為奠定我事業基礎的一個極其重要的人。按照傳統的說法，他就是我命運中的貴人。

我再次去巡視了一圈病房。現在已經是晚上十點過了，病房裏面的燈光都昏暗了下去。

在醫院裏面，很多病人都有早睡的習慣。其實，在這樣的地方，她們晚上不睡覺又能做什麼呢？

我看到丁香在做拉筋運動，很認真的樣子。

唐小牧在看一本雜誌，她男人已經離開了。

情況一切正常。

我隨即回到辦公室。我想看一會兒書，然後也開始休息。

可是，當我回往辦公室的時候，遠遠就發現有個人正站在那裏。走近一些後我才看見，是余敏。

「我第一次查房的時候怎麼沒有看見你？」我問了她一句，隨即又問道：「有事嗎？」

「你挺忙的。我幾次來發現你辦公室都有人。」她低聲地道。

看著她楚楚可憐的樣子，我心裏不禁一軟，「進來吧。」

我給她泡了一杯茶，然後也給自己的茶杯續上了水。

「請坐吧。還好吧？傷口恢復得怎麼樣？」

她坐在我面前，手捧茶杯，低頭不語。

我感覺到她很可能有什麼事情要對我講，「說吧，究竟什麼事情？」

「馮醫生，聽說你離婚了？」她問道，隨即抬起雙眼，目光灼灼地看著我。

我一怔，「你聽誰說的？」

「是不是這樣？」她堅持問，並沒有回答我剛才的那個問題。

「你究竟是聽誰說的？」我有些煩躁了。

「我聽護士們私下在議論這件事情。」她感覺到了我的情緒，急忙低聲道。

「你還聽說了什麼？」我問道。

「馮醫生，你以前是不是很喜歡我？」余敏的臉上綻放出一種興奮的神采。

她的話勾起了我對她第一次住院時的回憶。

那時候，她是那麼漂亮，我確實對她有過那樣的心思。但是現在，我不願意承認。因為那一切早已經過去。她與我的想像相差甚遠，而我也不再是曾經的那個我了。

於是，我搖頭道：「你是我的病人，怎麼可能那麼想呢？當初，你不是還說要給我介紹一位女朋友嘛。」

「不，你在騙我。我當時看出來了，你是喜歡我的。可惜我那時候被豬油蒙了心，竟然把你拒之門外……憑……我想問你，我現在還有機會嗎？」她低下了頭去，輕聲地問我道。

我眼前，是她白皙如雪的頸。

我心裏不禁唏噓，頓感這個世界的荒謬與無奈。

想當初，在我最需要愛情和婚姻的時候，她說她不喜歡婦科醫生，而現在，當我已經是滿目瘡痍的時候，她卻來問我，是否還保有一顆初心！

更可笑的是，她也是在數度被人拋棄之後，才想到了我。

想到這裏，我心裏非常憤懣，不住地冷笑。

然而，她似乎並不知道我的心思，而是抬起頭來看著我，滿眼的期冀。

我心裏頓時軟了下來，剛才差點脫口而出的憤怒，被我生生吞咽了回去。

「余敏，對不起，我已經結婚了。孩子都有了。」

她詫異地看著我，眼神頓時黯淡了下去，隨即緩緩站起，低聲歎息了一聲，之後轉身離去。

我看著她，心裏也在歎息。

可是，她並沒有馬上走出去。

她朝我又轉過身來，「馮醫生，你現在是科室主任了，你幫幫我好嗎？」

「幫你什麼？」我不解地問道。

「我現在做醫藥代表。我想把一個產品送進你們醫院，你幫幫我好嗎？」她說。

我搖頭，「對不起，我可能幫不了你。藥品的事情得由藥劑科說了算，最後還得上醫院的藥事委員會。」

「我知道你有辦法的。」她說。

我搖頭，「真的沒有。而且，我現在只是科室的副主任，沒有多少話語權的。」

「這樣吧，我有個品種，你幫我打個報告可以嗎？」她說。

醫院進藥有個程序，首先得由科室的負責人同意某個品種進到科室使用，這就是她所說的那個報告。科室要根據藥物品種的療效或者其他的特性，寫出需要它的理由，然後報給藥劑科及藥事委員會。而藥品最終能否進入醫院，完全取決於藥事委員會的討論意見。

「你的品種是什麼？哪種類型的？」我問道，我現在不能再拒絕她了，因為我確實有打這個報告的權力。

「抗生素。」她說。

我即刻搖頭，「不行。現在科室裏面使用的抗生素品種已經飽和了。療效都大同小異。醫院不可能讓我們再進新的品種了。其實你也是知道的，現在的抗生素成分都差不多，很多所謂的新品種，其實只是換了一個名字。這樣的東西騙騙病人可以，但藥事委員會的人可清楚得很。我知道抗生素的利潤很高，但是這塊蛋糕早就被瓜分完了，現在不可能會同意新品種進來的。」

我說了這麼多，目的其實就是拒絕。

可是，她卻依然沒有離開，「那你覺得什麼品種好呢？什麼品種有可能進來？」

「婦產科的用藥都在牆上張貼了的。你自己去看吧，覺得還有什麼可以做的話，你自己應該分析得出來的。」我說，心裏已經很不耐煩了。

「我明白了。馮醫生，謝謝你。你是不是覺得我很煩人？可是我也沒辦法啊，我現在沒有了其他的工作，什麼也沒有了。現在，我只想掙點錢，讓我的父母能夠安度晚年就可以了。馮醫生，你可能覺得我不是一個好女人吧？是，我不是好女人，為了錢，我可以出賣自己的一切。我除了長得還算漂亮之外，還有什麼呢？我能夠出賣的，也就只有身體了。假如，假如你要我的話，我也可以給你。」

她說著，開始流淚，「你是高高在上的醫生，我是生活在社會底層的女人，當初，我明明知道你喜歡我，但是我假裝不知道，因為我需要錢，那是你不能給我的東西，事情就這麼簡單。馮醫生，對不起，打攪你了。」

她說完後，就朝我辦公室的門口走去。

我心裏很不是滋味，張了張嘴準備叫住她，但是……我克制住了我自己。

看了看時間，我心裏頓時鬱悶起來：今天又沒有看書。

歎息了一聲，我隨即離開辦公室，準備洗漱後去睡覺。

到了洗漱間後，竟然又看見了余敏，她正匍匐在一個水龍頭下面哭泣。

我站在她身後，心裏頓時有了一種疼痛的感覺，「余敏，你去找一個婦產科的耗材吧。我給你打報告。」

說完後，我轉身離開了。

醫用耗材包括兩個部分，其一是器械類的耗材，其二是日常用的常規耗材，比如紗布、膠布等。婦產科裏面的耗材與外科一樣的多，而且數量巨大，只要她能夠選好品種的話，一個月十萬以上的收入也是可能的，至少幾萬塊錢可以保證。

剛才，我一時間心軟才給她指明了一個方向，我覺得自己已經仁至義盡，接下來的事情，就靠她自己了。

第二天，丁香和唐小牧都出院了。她們都來向我道別。

「下午我給你打電話啊。」丁香離開的時候，笑吟吟地對我說。

「這是我的電話號碼，他的事情，麻煩你幫我們聯繫一下。」唐小牧對我說。她說的是「我們」，我心裏有一種怪怪的感覺。

「行。一會兒我下班後就去外科，然後給你打電話。」我說道。

「馮醫生，你太好了。」她對我感激不盡。

「唐小牧，我覺得有句話我必須要告訴你，至於聽與不聽，就全在你自己了。」我對她說。

「馮醫生，你是一位好醫生，我心裏知道的，你說吧，我會聽的。」她真摯地對我道。

「還是我以前告訴你的那句話，你的身體是你自己的，希望你今後多保重，你那樣將就他，其實害的是你自己，也可能害了他。」我嚴肅地對她說。

她頓時低下了頭，「我知道的。馮醫生，你不知道，我很崇拜他。而且，他還是我們家的恩人。我父親去世得早，我母親辛辛苦苦把我們幾兄妹拉扯大不容易。在我們幾兄妹還很小的時候，母親差點因病去世，是他拿出錢來治好了母親的病。後來，他每個月還資助了我們不少的錢，一直到我們幾兄妹全部參加工作後才停止。母親臨終的時候對我說，他是我們一家人的救命恩人，唯有讓我以身報答，才能夠讓她安心離去。

「其實我母親不知道，我早就喜歡上他了。馮醫生，你沒有遭受過我們曾經經歷過的那種苦難，所以可能不會理解我內心的感受。我時常想，只要他喜歡，要我做什麼我都會願意的。馮醫生，謝謝你，不過，我知道，他做的這一切，其實並不是僅僅為了他自己，他也是為了我好啊。」

她離開了。

我感慨不已。

我一直沒問她男人的名字，我想，或許有一天，我會知道的。

回到家後，我看見了陳圓，一時間竟然沒有反應過來——她把她的一頭秀髮剪掉了，留起了「文革」女性常見的那種髮型。

她的臉看上去似乎大了些，好像也胖了些。不過，她看上去肌膚更白皙了，只是讓人覺得怪怪的，就好像我面前的不是從前的她一樣。

「好看嗎？」她問我道。

「你幹嗎去把頭髮給剪了？以前的多好。」我說。

「過幾個月就要生孩子了，頭髮太長了不方便。而且，冬天洗頭不容易乾，我擔心感冒後對孩子有影響。哥，什麼時候我再去醫院檢查一下啊？」她說。

我不禁慚愧，我自己就是婦產科醫生，但卻對她的關心如此不夠。

「明天吧，明天我們一起去醫院。對了，今天晚上我要出去吃飯，碰到了一個老同學。他現在也在本地上班呢，還是當官的。」說完後，我就笑。

因為我在想到康得茂的時候，心裏忽然升起了一種溫暖的感覺。我發現，同學之間的這種情誼，往往很容易在不知不覺中浸潤到骨髓裏面。我不由得又想起歐陽童，還有，還有趙夢蕾……

我在想，當初我們讀中學的時候，誰也不會去考慮未來某個人的生死問題，但是，隨著歲月的流逝，忽然有一個同學離去的時候，我才會認識到歲月的無情。

在家裏還是可以給陳圓進行簡單檢查的，比如聽聽胎心音什麼的。

我很欣慰，孩子的情況一切正常。

現在，我喜歡上了這種在家裏其樂融融的感覺。

可惜的是，很多事情並不能讓自己如願。

剛剛和陳圓一起吃完午飯，正準備睡會兒午覺的時候，就接到了常育的電話，「在醫院嗎？」

「沒有。昨天晚上我夜班，在家裏休息呢。」我說。

「那正好，出來和我喝茶吧。我想對你說件事情。」她說。

隨即，我問了地方，然後打著哈欠出門而去。

第三章

只要能讓男人記住自己

「她選擇死亡，卻把無盡悔恨與悲痛留給了你，
讓你此生想到她的時候，就不得安寧。
看來她選擇死亡是值得的，對女人來講，
只要讓男人記住自己就足夠了，不管是什麼方式。」
她的話讓我有些動搖了，
甚至懷疑自己對趙夢蕾的內疚，是否值得。

常育說的地方，距離我住的這個社區並不遠，很快我就到了。

茶樓的雅間裏面就她一個人。

一壺茶，兩個杯子。

「聽說你前妻出事情了？」她問我道。

「嗯。」我神情黯然。

「為什麼不告訴我？」她問道。

「最近我心情不好，而且我覺得，有些事情你還是不要知道的好，因為我自己都還沒有想明白。」我說。

「馮笑啊，以前我怎麼對你講的？有些重要的事情，你一定要告訴我才對。現在你的很多私事，已經不只是你個人的事情了。林老闆答應過你要去幫她的，對吧？現在她死了，這件事情難免會不小心牽扯出林老闆來的，雖然那件事情他還沒有來得及去做，但是員警很可能會因此注意到他的。他的公司發展到今天，你以為完全是靠他老老實實賺錢，才到現在這樣的啊？馬克思都說過呢，資本積累的階段總是血淋淋的。現在，他的公司走上正軌了，但舊賬可是翻不得的啊。我的話你明白嗎？

「現在，你介紹他認識了我，而我們正在合作那個專案，所以，有些事情搞不好就會牽連一大批人出來的。當然，這次你前妻的事情還沒有這麼嚴重，不過，我想要提醒你的是，任何一件事情，你都不要掉以輕心才是。

「還有那個宋梅的事情，雖然他的人已經死了，但是現在，他的那個案子還並沒有完全了結，而且，在我的主持下，還與他簽署過一份意向性協定，幸好我後來改變了主意，但是那件事情畢竟還是有些影響存在那裏的。所以啊，馮笑，現在的你已經不是單個的你自己了，你明白我的話嗎？」

剛剛坐下就受到了她的一番指責，我心裏頓時慚愧起來，「姐，是我不對。今後一定注意。對了，是不是員警找你，問過什麼事情了？」

她點頭，「是啊。今天員警來找到我，莫名其妙地問起我曾經與宋梅簽署那份意向性協定的事情。」

「姐，我也一直很想問你一句話呢。宋梅的死，真的與你一點關係都沒有嗎？」我問道，忽然覺得自己的這句問話有些過分了，但卻完全是出自內心那份懷疑。她忽然朝我瞪了一眼，正欲發作，我卻急忙地又道：「姐，你別生氣，我沒有其他的意思，只是我覺得有件事情很奇怪。」

「什麼事情？」她問道，胸前不住地起伏。

「宋梅曾經告訴我趙夢蕾謀殺的過程，但是，在趙夢蕾自殺後我才瞭解到，她那個謀殺的過程，根本就不是像宋梅所說的那樣。所以，我就懷疑宋梅可能另有意圖。」我說。

「什麼另有意圖？這件事與我又有什麼關係？」她問道，神情依然不悅。

「我就在想，或許宋梅是想借此告訴我，他的死也不是我們知道的那樣。當然，這只是我的一種猜測。我想，他可能早就感覺到了自己的危險，但是，又不能肯定那種危險的存在，所以才通過這樣的方式預先留下一條線索。宋梅那麼聰明的一個人，就那樣死了，總讓我覺得有些奇怪。」我說。

我腦子裏面依然很混亂，所以說出的話也有些邏輯不清。

她詫異地看著我，「即使是那樣，但與我又有什麼關係呢？」

「姐，如果我說出來，你千萬不要生氣啊。其實這也是我沒有告訴你趙夢蕾自殺這件事情的原因。因為我同時在想一個問題，那就是宋梅的死對誰最有利。姐，你看，你怎麼又生氣了？我只是自己在心裏想這件事情，但是我知道的，以你現在的地位和級別，根本就不可能去做那樣的事情，因為這太不值得了。」

她的神情頓時舒展了開來，「馮笑，你能夠這樣想，我很高興。是啊，我怎麼可能去做那樣的事情呢？除非我瘋了。以前端木雄那樣對我，我都沒想過要去對他怎麼樣，何況一個小小的宋梅呢？不過，你剛才的分析好像很有道理。是啊，如果宋梅的死真的不正常的話，那麼，對誰最有利呢？」

「肯定對斯為民最不利。因為他的死直接導致了他那個專案的破產，而且他本人也處在了一種不明不白的境地，現在他都還關在看守所裏面呢。」我說。

「所以，你認為對我最有利？」她問道。

我搖頭，「姐，我也不知道。你不知道，當時我忽然想到這件事情的時候，心裏好害怕。因為我很擔心這是別人給你設下的一個圈套。」

「員警又不是笨蛋，他們應該想到一點，那就是，我還不至於那麼傻。如果我真的派人去殺害宋梅的話，那很容易惹禍上身的啊。你想想，且不說我會不會殺人的事情，就只憑我曾經和他簽署過那份意向性協定的事情，就很容易把我牽扯出來，我會那麼傻嗎？」她說，隨即沉思。

我心裏猛然一動，「姐，宋梅曾經的那個專案，現在是誰在做？」

「你認為現在誰在做那個專案，誰就最有可能是殺人兇手？」她問道。

我點頭。

她看著我，忽然笑了起來。

我愕然地看著她。

她笑得是那麼的自然、開朗，彷彿我們談論的僅僅是一個笑話。

「那個專案到現在為止，一直就放在那裏了。」她隨後說道，「不過，遲早是要建設的，我們省城需要那樣的地方。現在的陵園條件很差，而且已經不能滿足需要了。所以，我最近準備重新開始面向全社會招標。當然，還是聯營的方式。不過，按照你的意思，今後誰中標了，誰就是謀殺宋梅的幕後兇手？」

我頓時瞠目結舌，「這……」

「那個行兇的人就是斯為民手下的，現在情況完全清楚了。只不過那個人已經逃跑了。現在，警方已經查明那個人與宋梅根本就沒有什麼私人恩怨，所以，他是受斯為民指使的，這一點根本就不用懷疑。斯為民當然不會承認了，也許他的本意並不是想把宋梅打死，可是，誰知道他那個手下下手那麼重呢？當然，也許是宋梅的運氣不好，那個人正好打在了他的後腦上，才造成了他的死亡。」她說。

「嗯。應該是這樣。」我說。

「現在，你不再懷疑我了吧？」她問我道，神情怪怪的。

我搖頭，「我沒有懷疑你啊，只是擔心你與這件事情有關聯。」

「還不是懷疑？」她說，隨即歎息，「馮笑啊，你這樣也不好，怎麼連我都不相信了呢？要知道，我可是把你當成最好、最可以信任的人在看待啊。我的一切都讓你知道，難道你還認為我不可相信嗎？」

「姐……」我很慚愧。

「好了，不說這個了。現在我決定了，絕不和端木重婚。因為我實在不能原諒他曾經在我身上所做過的那一切。我承認自己對他還有些感情，但是他從前太過分了。雖然我也有不對的地方，我也曾經背叛過他，但是，他對待我的方式，實在讓我不能原諒。」她接下來說道，很激動的樣子。

「姐，我贊成你的這個決定，因為我覺得，他要和你重婚的目的其實很簡單，就是想要利用你和黃省長的關係。他的目的性太強了。我想，也許當他的目的達到之後，又會回復到以前的狀態的。」我點頭說。

「是的。」她點頭，「不過你說的有一點不對，他現在是政府領導幹部了，而且還希望有更大的發展，所以，他不可能不顧及影響。」

我心裏並不贊同她的這個說法，因為我曾親眼看到過他在夜總會的那種放蕩情形。當然，我不會說出來，因為當時我也和他在一起，而且同樣的放蕩。

「他這個人還是有可取的地方的，那就是，他比我對官場更熟悉，更能夠把握機會。也許在政治上，我們可以互相幫助。」她說，隨即又歎息。

我頓時明白了，現在她還在猶豫。

「姐，這是你的私事，你自己好好把握吧。即使不和他重婚，那你也應該再找一位自己喜歡的愛人。」我勸她道。

「算啦，這一輩子就這樣過吧。這樣也好，至少很自由。」她說，隨即來看我，「馮笑，你今後還願意來陪我嗎？」

「姐……我已經對不起一個女人了，完全是因為我的緣故才造成了她的自殺。所以，我不想讓我現在的妻子再像她一樣。姐，對不起。」我低聲地說。

「我的傻弟弟啊，你怎麼這麼傻呢？」她幽幽地歎息道，「你不覺得你那前妻很自私嗎？她犯下了謀殺罪，但卻想要你一直等著她。現在，她自殺了，還讓你心懷愧疚。你可能會說，她的前夫虐待了她，所以她才會那樣去做的。端木雄以前不也虐待我嗎？我可從來沒有想到過要殺人。我們任何人都沒有剝奪另外一個人生命的權力，除非是法律。但是，她那樣去做了，而且還是謀殺！她為什麼要採用謀殺的方式？道理很簡單，因為她想要逃避法律的制裁，還有就是，她想要和你在一起。這完全是一種極度自私的行為。馮笑，你想過沒有？她為什麼明明知道你背叛她，卻還能夠忍受？你認為那僅僅是因為她愛你嗎？」

「不是這樣還是什麼？」我有些氣惱。

「這其實是另外一種謀殺方式。」她說，「幸好你沒有折磨過她，我指的是肉體上的；幸好你對她還不錯，不然的話，她極有可能把你也謀殺掉。」

「不可能！」我頓時大聲地叫了起來，「她不可能那樣對我的！」

「你別激動，你聽我慢慢說。」她柔聲地對我說道，「馮笑，你和她的情況，我做過一些瞭解。你的前妻在精神上應該有些不正常。她的前夫折磨她的肉體，所以她就要把她前夫殺掉；你從感情上背叛了她，所以她就用這種方式謀殺你的感情。她對你很好，好得讓你對她感激涕零。她從來不責怪你，始終對你溫柔有加，甚至悄悄地幫助你喜歡的女人。她做的這一切，其實都是為了讓你對她的感情死心塌地，讓你心存內疚。當然，這可能也是她為了把你拉回到她的身邊去，是為了感動你。但是，最終的情況是怎麼樣的？是她自殺了，然後，給你留下無盡的內疚與痛苦，讓你每次想起她來，都會自責，讓你這一輩子都不得安寧。馮笑，你不覺得這樣的女人很可怕嗎？」

我搖頭，「本來錯的就是我。所以我自責也好，內疚也罷，都是我自己造成的。」

「對。」她說，「從你的角度上看，好像應該是這樣，但是從他人的眼裏看，可就不一定這樣了。比如我看這件事情的時候就和你不一樣。首先，我覺得過錯並不完全在你這一方，因為她謀殺她的前夫在先，然後和你結婚，這本身對你就是一種欺騙。

「其次，她主動提出離婚，其實並不是真的想和你離婚，或許只是想要考驗你罷了。她以前一直對你很溫柔，一直原諒你的過失，本意就是為了拴住你一輩子。

「對了，還有件事情，她自首的事情。在得知自己的事情有可能暴露的情況下，她毅然決定去自首，這本身就是她一種最明智、最聰明的選擇，不然的話，她面臨的將是更嚴厲的法律制裁。所以，這個女人很不簡單。

「現在，我們再回到前面說的那個問題上去。她自首了，即將面對的是法律的制裁，是坐牢。而在這樣的情況下，她還希望你繼續等她，等她從監獄裏面出來。馮笑，有一種感情我很敬佩，那就是一個人情願為了愛人付出一切，但是，採用陰謀手段強迫別人去付出，就不值得人稱道了。我認為她就是後者。她用她對你的寬恕，來獲取你對她永遠的內疚與自責，讓你不得不放棄自己的一切，去與她共度被監獄囚禁的漫長歲月。馮笑，你不覺得她很過分嗎？」

「不，不是這樣的！」我完全不贊同她的這個說法，「她是因為我的薄情寡義而選擇自殺的，她連自己的生命都不要了，哪裏還有什麼陰謀?!」

「是啊。」她歎息，「對於一個早就沒有活下去打算的女人來講，死是不算什麼的。這樣的感覺我也曾經有過。馮笑，你不是女人，你不懂得女人的心思。一個女人，當她失去了所有的希望之後，就會斷然選擇死亡。在對待死亡這個問題上面，女人永遠都比男人勇敢與決絕。

「她選擇了死亡，但卻把無盡的悔恨與悲痛留給了你，讓你此生每當想到她的時候，就不得安寧。這樣看來，她選擇死亡是值得的，因為對於女人來講，只要能夠讓男人記住自己就足夠了，不管是什麼方式。

「好啦，我們不說這件事情了。反正她已經死去了，至於她究竟是怎麼想的，也就只有她自己知道了。

「馮笑，我現在只想告訴你一句話，誅心，比讓一個人的肉體消失掉更可怕。因為一個人死了，他就不再知道什麼是痛苦了，而一個人活著，卻永遠活在痛苦裏面，這樣的滋味比死了更難受。你自己想想吧。」

她的話讓我有些動搖了，甚至開始懷疑自己曾經對趙夢蕾的內疚，是否值得。

不，不是這樣的，趙夢蕾不是那樣的人！錯的是我自己，不是她！我在心裏對自己說。

「馮笑，我說這麼多，並沒有其他的意思。我的目的只有一個，那就是，我不希望你永遠生活在痛苦裏面。姐是過來人，而且在官場上混了這麼多年，哪樣的人我沒有見過啊？

「今後，你不願意陪我也行，我不會強求你的。不過，姐希望我們之間的感情永遠像以前一樣。唉，也不知道是怎麼的，自從我第一次看到你之後，就覺得你是一個值得我信任的人。也許是你為人的真誠吧。」她隨即又說道。

「姐，謝謝你。其實我也發現，自己現在最信賴的人就只有你了。很多時候，在出現什麼事情的時候，只要一想到會牽涉到你，我就感到心裏很不安。真的。」我說。

她頓時驚喜，「是嗎？姐聽了你這話真高興。」

我點頭，「雖然我的生活比較混亂，但其實內心還是比較傳統的。在心裏，我總是覺得與自己有過那樣關係的女人，就是自己的女人了，總覺得自己應該向對方負起一種責任來。姐，你卻是不一樣的女人，所以，我發現自己對你有些依賴了。姐，我們做什麼都可以，但是，我絕不會讓自己愛上你。因為你是我姐。」

她的臉上笑得非常燦爛，眼裏波光流動，嬌媚無比，「誰讓你愛上我啦？姐只是有時候害怕寂寞罷了。我心裏把你當成自己的弟弟在看待呢。你看，我不是把洪雅也安排給你了嗎？只要你喜歡，今後姐還會給你更多漂亮的女人。」

「姐……」我頓時不知所措，因為我知道，她是個說得到就做得到的女人。

「馮笑，你老婆懷孕，小莊那個小丫頭現在又不在你身邊，你肯定憋壞了吧？走吧，姐讓你高興高興去。」她柔聲地對我說，臉上竟然悄悄地爬上了一層紅暈。

「姐……」我聽到自己的聲音在顫抖……

我與常育極盡纏綿，恣意快樂，一直到下午四點過，才雙雙精疲力竭地頹然躺倒在了床上。我發現，我每一次衝擊都會感到一種美妙。那種感受真是妙不可言。

她悠悠地醒轉過來，「馮笑，你太好了。」

「姐，我馬上要走了，晚上我要和同學一起吃飯。」我不想和她討論這個問題，急忙地道。

「男同學還是女同學啊？」她問道，媚眼如絲般地在看著我。

「男同學。他是我中學時候在省城的唯一一位同學了。現在，他在省委組織部上班。」我回答。

「什麼職務？」她問道。

我搖頭，「具體的還不知道。他是前些年從人大畢業的研究生，最近可能馬上要提拔了。」於是，我把昨天與康得茂見面的大概情況對她講了。

「人大的研究生，不錯啊，可能提副處吧。」她說，「你這個同學為人怎麼樣？如果不錯的話，你倒是可以介紹我認識一下。省委組織部可是重要的部門，今後在那地方有一個自己的人，還是很起作用的。」

「很多年沒見面了，現在他的為人，我不大瞭解。不過，以前他家裏很窮，他能夠有現在的成就，完全是靠他自己打拚出來的。」我說。

「窮人家的孩子早當家啊。」她歎息道，「這樣的人往往自尊心很強，不過，會比一般的人更懂得世事的艱難。行，你去吧。本來晚上我約了洪雅一起吃飯的。我擔心我餵不飽你，想讓她晚上繼續餵你呢。」她說完後就開始輕笑。

我有些難為情，「姐，你說什麼呢。」

她依然在笑，「怎麼樣？你自己給我做的手術，現在效果還不錯吧？我都感覺到了。嘻嘻！這叫自己動手，豐衣足食。你說是吧？」

我哭笑不得，「姐，你太壞了。」

她大笑，隨後說道：「那個專案馬上開始了，考慮到成本問題，我們沒有搞土地招拍掛。還是按照你當初提出來的那個意見，與江南集團進行了合作，由我們民政廳下屬的一個部門與他們一起成立了一家股份制公司進行開發。你和洪雅在裏面也有股份。不過，為了穩妥起見，我和林老闆的想法是，把你們的股份放在他們那一邊。江南集團控股，他們占百分之八十的股份，其中有百分之三十是你和洪雅的。過幾天，林老闆那邊就會有人把相關的文件拿來給你簽署的。」

「百分之三十，也就是說，我們三個人各百分之十？姐，這樣對你太不公平了。」我急忙地道。

「有什麼不公平的？我只是在中間協調一下，今後具體的操作還需要你們呢。我說過，錢這東西夠用就行了。百分之十，不少了。你要知道，今後整個專案可是上億的利潤呢。」她說。

「那個休閒中心怎麼辦？既然你們民政廳有股份在裏面，今後不好處理吧？」我問道。

「很簡單，今後關於那部分的股權我們收購回來就是了。或者，到時候把那裏買下來就是。」她說。

「林老闆說過，那地方他準備送給我們的。」我提醒她道。

她搖頭，「這樣不好。那部分產權裏面，我們也占了百分之三十的嘛！到時候從其他利潤裏折扣出一部分，把那裏完全買下來就是。我不想去占那樣的小便宜，否則今後會惹麻煩的。」

我點頭，「我明白了。」

她看了看時間，「馮笑，不早了。你先去洗澡，早點去吧。我想睡一會兒。好久沒有像這樣在上班時間睡覺了，真舒服啊。」

從常育家裏出來的時候，已經是五點過了。我急忙打開了手機。我的手機是刻意關著的，因為我不想別人打攪我們。

說實話，正如常育說的那樣，我最近憋得有些心慌。雖然前不久才與蘇華那樣了一次，但似乎根本就沒有對我身體的荷爾蒙起到調節作用。

一開機就發現了好幾條簡訊。都是康得茂和丁香發來的。

康得茂告訴我晚上吃飯的時間和地方。丁香卻在問我，晚上安排在哪裏。

「搞什麼嘛？幹嗎關機？」康得茂笑著責怪我道。

「手術呢。」我說，「簡訊看到了，我馬上搭車過來。」

「人呢？」他問。

「我叫了我的一個病人，她非得要今天請我吃飯，我就順便把她給叫上了。」我說。

「一個？那我怎麼辦？」他低聲問道。

「真的沒有，我平常和護士們沒多少接觸。」我說。

「要不這樣吧，我帶一個來，然後我們換。」他說。

我被他的話嚇了一跳，「你想得出來！我的病人呢，大學教師。」

「開玩笑的，我哪裏有啊？」他笑道，「馮笑，老同學，你馬上過來吧，我們先說說話，一會兒你那位病人來了，說話就不方便了。」

「那我叫她別來了吧。」我說。

「沒事啊，我就想在喝酒前與你說幾句話，幾句話。」他說。

「好吧，我馬上上車。」我說。

「你也真是的，你當醫生那麼有錢，幹嗎不自己去買輛車啊？」他問道。

「不會開，現在只會一點點。」我說。

「學開車還不容易？」他笑，「好了，不說了，我也馬上去。等你啊。」

我隨即給丁香打電話。

十幾分鐘後，我就到了那地方。

一處環境不錯的酒樓，樓下大廳裏有山有水的，當然山是假的，水池是人工製造的，不過看上去卻別有一番風味。

忽然聽到了鋼琴聲，繞過假山一看，只見一位二十多歲的女孩子正在彈琴。她很平常，如同她彈奏出來的琴聲一樣。我不由得想起了陳圓，還有她彈奏出來的美妙琴聲。

「馮笑！」忽然聽見上面有人叫我，抬頭去看，只見康得茂正在三樓招手。雅間的環境不錯，簡約的風格，進去後頓感輕鬆、愉悅。

「我喜歡這樣的風格。」康得茂說，「我的家在農村，那時候看到農村的一切都覺得厭煩。現在倒是奇怪了，發現再好的地方都不如有山有水的家鄉好。這人啊，想忘記過去都是不能的。」

我笑，「你傢伙，怎麼變得懷舊起來了？不是還沒有老嘛。」

他也笑，「不是懷舊，是感慨。對了，你叫的人呢？」

「馬上就到。」我說，「你不是說要和我說事情嗎？說吧。是不是你的哪個相好被你給揣上孩子了？需要我幫你處理一下是不是？」

「你呀，三句話不離本行。我還不至於像你想像的那麼壞。」他說。

「究竟什麼事情啊？說吧。」我朝他怪怪地笑。

「你和常廳長很熟悉是不是？」他問我道。

我一怔，「你怎麼知道的？」

「那天我在一家酒樓裏面看見你和她在一起。後來端木專員也出來了。不過當時我不敢確定是你，只是覺得你好面熟。後來才忽然想起那就是你。隨後，我借回家鄉接康老師的機會找到了你的電話，同時也瞭解到你的基本情況。呵呵！馮笑，我們是同學，我不想在你面前假惺惺的，故意把很明確的目的搞得那麼神秘。

「昨天中午一起吃飯後我就在想，我對你說什麼自己喜歡趙夢蕾，還有主動告訴你我最沒面子的事情，那些都是實話，不過，我還是覺得，通過那樣的方式贏得你的好感，顯得我太心懷叵測了。我們是同學，何必呢？我其實是有件事情，你覺得好辦就辦，不好辦就拉倒，不管怎麼樣，都不會影響我們的同學感情。你說是不是這樣？」他問我道，態度極其認真，而且語氣真誠。

他這樣說，我當然高興，因為我並不喜歡人在我面前虛偽，現在，見他如此直率，頓時覺得他與我有著共同的地方，那就是，他還很在乎同學之情。

「我喜歡你這樣。你說吧，究竟什麼事情，只要我能夠做到的，一定會想辦法幫你。我們是同學呢，互相幫助是應該的。」我說。

前面他提到了常育，而今天常育又對我說過了那樣的話，我當然心裏有底了。

「當初，我分到省委組織部，是通過我們家鄉一位領導的關係，現在他離休了。馮笑，你是知道的，現在混官場，沒有背景、沒有關係是根本不行的。所以，我想請你幫個忙，讓我有機會認識一下常廳長。」他說。

我有些詫異，「得茂，省裏面的領導那麼多，她不就一個廳級幹部嗎？而且現在還是副的。你認識她，對你會有什麼作用？」

他笑道：「老同學，你不是官場中人，不明白其中的關鍵。你說得對，省裏面確實廳級幹部不少，但是我都不認識啊。總不可能我自己上門去介紹自己吧？當然，那樣也行，畢竟我是省委組織部的幹部嘛，至少他們還不至於把我攆出門外去。但是，我需要的是真正的朋友，能夠在未來幫助我的人。

「此外，你知道全省的廳級幹部中，有多少是女性嗎？我告訴你吧，很少。特別是像常廳長那樣年輕的女性廳級幹部，就更少了。現在，各級班子配備的時候，都要考慮至少一名女性，在我看來，常廳長是今後最有可能接省級領導班的人之一啊。現在她雖然還是副廳長，但她可是主持工作的副廳啊，要不了多久就會轉正的！那時候，她距離省部級也就只有一步之遙了。」

「得茂，你目的性太強了吧？」我問他道，隱隱覺得心裏不大舒服。

「目的性強不是問題啊。有目的性還遮遮掩掩的才不對呢。關鍵的問題不在目的性上面，而是一個人是不是真心投靠。現在官場都有勢力範圍的，或者叫做小幫派，任何勢力和幫派都是需要人的，而且需要貼心的人。

「老同學，你不要責怪我啊，近幾天我調查了你的情況，我知道你和江南集團的林老闆，還有常廳長、端木專員的關係都不錯。你是我同學，你說我不找你又找誰呢？可惜的是，你不是官場裏面的人。其實你也可以進去的，現在你是科室副主任，過些年當個醫院院長什麼的並不難，然後因此走上仕途，也不是不可能。你說是嗎？我們可是同學，在事業上應該互相幫助。我們之間的這種同學關係，本身就是最好的紐帶和資源，你說是不是？」他隨即對我說道。

他的坦誠讓我感到吃驚，因為我喜歡他這樣說。

「我不適合當官。我這性格不行，也不會講話，不願意動太多的腦筋。我覺得當好一個醫生就是我最大的追求了。不過得茂，既然你直接對我提出來了，我肯定會幫你的。這樣吧，我問問常廳長再說。呵呵！你說得對，我們是同學，同學之間就應該互相幫助嘛。」

「太好了。那麼，今天晚上，我們不要再談工作上面的事情了，這樣的事情說一遍就夠了。我們得有十年沒見過面了吧？歲月如梭啊，十年啦，老同學，今天我們不醉不歸怎麼樣？咦？你叫的人呢？」他高興地道。

「到了，馬上就上來了。」我說。

「再有一個就好了。」他說。

我心裏很高興，同時還有些興奮，「我再叫一個吧？」

「好啊，幹什麼的？」他問道。

「你別管，反正很漂亮。」我說，隨即拿起電話撥打，「晚上來喝酒嗎？」

「我哪裏還敢喝酒啊？上次差點嚇死我了。」她說。

「什麼時候做手術呢？」我問道。

「已經做了。很小的一個手術。馮醫生，我正說要好好感謝你呢，聽說你家裏出了點事情，就不好來打攪你了。對了，你有事情嗎？」她問道。

「你不喝酒就算了。」我說。

「你叫我，我肯定要喝的。說吧，在什麼地方？」她問道。

「真的可以喝酒了？」我不大放心。

「應該可以了吧。沒事，你叫我，我肯定要來的。」她說。

我的耳朵裏面頓時充滿了一種歡快的聲音。

於是我告訴了她地方。

「我馬上到，十分鐘之內。真巧，我正在你們周圍逛商場呢。」她說。

「老同學，我真羨慕你啊。你可是生活在美女之中啊。」掛斷電話後，康得茂豔羨地對我道。

這時候，丁香進來了，她今天穿的是一件白色的羊絨大衣，下面是一條厚厚的裙子。這與她在病房時候的模樣完全不一樣。現在的她，看上去非常有氣質，而且完全顯示出了她的美麗。

「對不起，來晚了。」她笑吟吟地對我道，隨即去到衣架旁。

我急忙站了起來，去到她身旁將她的外套脫下，然後掛在衣架上面。

「謝謝。」她說。現在的她顯得明豔動人。

「介紹一下。這是我同學康得茂，省委組織部的領導。這是丁香，江南師範大學的數學教師。」我將一張椅子拉了拉，然後請她坐下，同時介紹說。

「錯了，我不是領導。」康得茂說。

剛才他在看丁香的時候，眼睛都直了，現在才變得自然起來。

我在心裏暗暗地覺得好笑。

「馮醫生，你也把我介紹錯了。我不是數學老師，是數學系的老師。你那樣介紹，別人還以為我是中學教師呢。」丁香也笑著說，隨即問我道：「還有人嗎？」

「有，還有一位美女。」我說。

她看著我怪怪地笑，「也是你的病人？」

「不是，是我們醫院的病人。」我笑著說。

「肯定是美女。」她歪著頭看著我笑。

「你怎麼知道？」我問道，覺得她的樣子很可愛。

「難道你會叫一個醜八怪來吃飯？」她笑著回答，隨即仰頭大笑。

「哈哈！老同學，你這女朋友很有趣。」康得茂大笑。

「別胡說啊，她是我病人。」我急忙地阻止他。我覺得他是故意這樣說。

「他沒有說錯啊。我們是朋友，你是男的，我是女的，所以你是我男朋友，我是你女朋友。」丁香大笑說，一副認真的樣子。

「是男性朋友，女性朋友，好不好？」我糾正她道。

「男人和女人之間成為朋友很正常，加上性就不好了。你說是不是呢，馮醫生？」她又歪著頭看著我，笑道。

我沒有想到她說話竟然如此大膽，而且還如此的直白，讓我一時語塞起來。唯有苦笑。

「丁香，你們師範大學的老師，比我們學醫的還開放嗎？」

「這可不是什麼開放啊。我說的是實話。男人和女人坦坦蕩蕩地交朋友，有什麼不可以？男的非得去考慮性嗎？你是婦產科醫生，在給病人做檢查的時候，不也完全忘記了那樣的東西了嗎？」她說。

這時候，康得茂接話了，「丁老師，看不出來，你還蠻保守的嘛，發乎情，止乎禮，是這個意思吧？」

她卻在搖頭，「錯了。我的意思是，男人和女人之間，必須要有愛情才可以有性，發乎情，順其性是可以的，但是，我認為一切不以結婚為目的的性都是耍流氓。康領導，你說對吧？」

「太絕對了。兩個人從戀愛到結婚，中間總是會遇到很多問題的。誰能夠保證戀愛、有關係後，就一定會結婚？現在，婚外戀的情況也很普遍啊。你不能說婚外戀都沒有愛情吧？」康得茂說。

說實話，我很贊同康得茂的這個說法，比如我自己，在與趙夢蕾的婚姻期間，就同時與莊晴在一起，到現在，我發現自己對她還是有感情的。難道我是流氓嗎？

「反正我就是這個觀點，至於別人怎麼想，我不管。不說這件事情了。你們都已經結婚的人了，我現在是單身。你們要婚外戀就戀吧，反正我還可以正正經經地談戀愛。」她說。

康得茂看我，苦笑著對我說道：「老同學，我們都要記住一點，不要和女人講道理，那樣只會自討沒趣。」

我大笑。

不一會兒，孫露露就來了。她今天好像是與丁香約好了似的，竟然與她穿得一模一樣：上身白色羊絨大衣，下身是厚厚的裙子。

我詫異地看著她，丁香也是如此。

孫露露看了我們一眼，眼睛掃向衣架處的時候，才明白了過來，「這位美女是誰啊？看來我們真有緣。」

康得茂即刻站了起來，去到孫露露身旁，「你好，我叫康得茂，是馮笑的中學同學，非常有幸為你效勞。」

孫露露又是詫異地來看我。

我笑了笑，卻發現丁香正捂住她自己的嘴巴，肩膀在聳動。

她是忍著在笑。估計是康得茂這傢伙太酸了。

「謝謝。」孫露露說，讓他替她脫去了外套。

她依然在看著我，眼神裏面全是疑問。

我再也忍不住了，「我，我去方便一下。」說完後，我快速地跑了出去。

跑出去後，我忽然不想笑了，因為我發現，前方有一個女人的背影好熟悉，她，好像是趙夢蕾！這一刻，我的心臟彷彿停止了跳動，內心的激動頓時湧向全身！她，難道她沒有自殺？看守所的人難道搞錯了？

她在我前方朝酒樓外面走去，距離我越來越遠。我頓時從極度震驚中清醒了過來，快速地朝她跑去。

跑到距離她不遠的地方，我即刻站住了，「夢蕾！」

我朝著她大叫了一聲，我聽到自己的聲音在顫抖。

她緩緩地轉過了身來……

不過，當我看到她的臉的時候，差點窒息過去……我的眼前是一張長有眼袋的中年婦女肥胖的臉。

她好奇地看著我。

我失望至極。

「對不起，我認錯人了。」我急忙地道歉，內心黯然，同時自責：馮笑，你神經了吧？

她轉身繼續朝前面走，我再次去看她的背影，真的很像。

我有些痛恨這個人：那麼胖、那麼難看的一張臉，怎麼會有趙夢蕾那麼漂亮的背影呢？

第四章

不願違背職業尊嚴

我不希望自己就這麼輕率地與她發生關係。
我是令人尊敬的醫生，長相又較帥氣，
如果想要女人的話，隨時都可以。
但卻不願違背自己的職業尊嚴。
我可不希望自己在病人的眼裏是流氓。

常。

回到雅間的時候，酒菜都已經上桌了。

「馮醫生，你怎麼了？怎麼看上去不高興的樣子？」丁香竟然看出了我的異

我笑了笑，「沒什麼。」

「馮醫生，今天什麼好事啊？」孫露露卻問我。

「我同學，他高升了。你說是不是好事？」我笑著說。

「不對。」康得茂正色地說道，「今天是我們老同學中學畢業後第一次見面的日子。你們說該不該慶祝呢？」

「怎麼是第一次呢？昨天不是才見了嗎？」我說。

「昨天怎麼能算呢？昨天沒美酒，也沒美女。不能算。」他笑著說。

「喂！說什麼呢？怎麼把我們和酒放在一塊啊？」丁香頓時不滿起來。

「因為美女和美酒一樣，都會醉人的。」康得茂笑道。

所有的人都笑。

我發現今天與往常不同，桌上喝酒的氣氛並不熱烈。原因我當然知道，是丁香太理智了，她的理智讓我們不好開玩笑，也不好把酒喝得太急。

不過，我找到了話題，「得茂，康老師的事情我很擔心。」

「為什麼這樣說？」他詫異地問我道。

「腦膠質瘤的根部往往很深，手術做不好就會傷及正常的腦組織。而且，這個手術很容易復發。現在，全省的醫院裏面只有我們那裏的腦外科最好，現在，他為了能夠住上單人病房而轉院，我很擔心他手術出問題。如果真的是那樣的話，我們就難辭其咎了。」

「不會的。軍隊醫院的條件很不錯。而且我也問了，是那裏的主任醫生親自給他做手術。」他說。

我搖頭，心裏依然擔心，不過卻不好多說了。

事實上，我的擔心是正確的，一個月後，康老師在手術後死亡了，原因是手術傷及了他的正常腦組織。

這件事情讓康得茂和我都自責不已。特別是在看到康老師和他的那兩個孩子的時候，我心裏特別的難受。

「馮笑，有時候就是這樣，過於依從別人的意願，其實也是一種錯誤。你在處理趙夢蕾的事情上也是如此。」康得茂對我歎息著說。

我卻在想，難道這也是命運嗎？

而那天晚上，康得茂，我，還有丁香和孫露露在一起，並沒有喝多少酒。因為大家都感到無趣。我發現，男男女女在一起吃飯喝酒不瘋狂一些的話，其實是一種受罪。

吃完飯後，康得茂堅持要送我，丁香卻說她有車。於是，我吩咐他送一下孫露露。

「你那同學我不喜歡。」孫露露離開的時候，悄悄對我說了一句。

「你那同學我不喜歡。」我上了丁香的車後，她也這樣對我說。

「為什麼？」我詫異地問。

「不為什麼，反正我不喜歡。」她癟嘴道。

我哭笑不得，「總得有個理由吧？」

「他似乎很想變得隨便一些，但卻又用力在控制自己。我感覺他好像一直生活在陰暗的牢籠裏面一樣。也許我的這種表達不準確，反正就是覺得和他在一起不舒服。」她說。

我頓時笑了起來，「不會吧？我和他在一起的時候，他很隨便的。今天是因為你太嚴肅了，所以大家才變成那樣的。」

她頓時不滿起來，「因為我？不可能吧？嗯，也可能是因為我。你叫來的那個孫露露，我怎麼覺得她不像是良家婦女啊？」

「你這話什麼意思?」我有些不滿起來。

「她看你的時候很輕佻。幸好你看她的時候眼光很平和,不然的話,我肯定懷疑你和她有關係。」她頓時笑了起來。

「丁香,你錯了。她不是你想像中的那種女人。」我說,忽然意識到了什麼,「丁香,我明白了,你嫉妒她長得漂亮。」

「切!難道我長得不漂亮嗎?我幹嗎要嫉妒她?」她不滿地道。

「因為,因為你沒有她那樣一對漂亮的酒窩。」我大笑著說。

她猛然地停下了車,瞪著我道:「要不是因為你對我有恩的話,我馬上就把你趕下車。你真是的,怎麼在我面前讚揚另外一個女人漂亮呢?真不懂事!」

我大笑,「還說你沒有嫉妒人家!哈哈!生氣了吧?」

「你!」她氣急,但隨即就大笑了起來,「馮笑,我發現我們兩個人真是很般配的。」

我被她的話嚇了一跳,「別胡說,我可是結婚了的。」

「你以為我是在向你求婚啊?我說的般配,指的是我們是同一類人。我和你都是生活在一個相對純淨的環境裏面的人,所以,說起話來才顯得那麼傻。」她瞪著我說。

我不禁搖頭苦笑，「你這學數學的人真麻煩，老是用詞不當。你知道嗎？你的用詞不當，會嚇壞別人的。」

「我嚇壞了你？難道我在你眼裏就那麼醜嗎？」她再次不滿起來。

我搖頭道：「不是你醜，而是你太漂亮了。我很擔心自己犯錯誤。」

她看著我，一會兒就大笑了起來，「你放心，我不會給你犯錯誤的機會的。」

「那就好。」我說。

「唉！你把我啥都看完了，現在犯不犯錯誤又有什麼關係呢？」可是，她隨即又幽幽地說了這麼一句話出來。

我頓時呆住了。

「不過，好像也沒有被你看完。」她卻又說道。

我感覺到自己的臉在發燙。

「所以，我還是不會讓你犯錯誤。」她大笑。

我這才明白自己被她給戲耍了，「丁香，你們學校的老師，難道都像你這樣瘋瘋癲癲的？」

「你不覺得這樣很好玩嗎？看著你傻傻的樣子，我覺得真好玩。」她朝我做了一個怪相。

「你才傻傻的呢。」我嘀咕道。

「你說什麼？」她問我，臉上似笑非笑。

「沒什麼。」我急忙地說。

「下次，我請你到我那裏做客。你願意去嗎？我那些美女學生比我更瘋。」她笑著問我道。

我急忙搖頭道：「算了，你就讓我差點受不了了，還有比你更瘋的，除非我不想活了。」

她看著我歎息，「你呀，怎麼活得這麼累呢？如果你下次和我們在一起就知道了，很好玩的，即使你有再多的煩惱，也會馬上消失掉的。」

「是嗎？那我倒是想去試試。」我笑著說。

「如果你心情特別不好，就給我打電話吧。真的。」她說。

「好，不過我有一個請求。」我說。

「說吧。」她看著我。

「我希望從你那裏回來的時候，精神還是正常的。」我正色地對她道。

她氣急，「你！討厭！」

她直接將我送到了社區的下面，「你真有錢，竟然住在這麼好的社區裏面。」

她笑著對我說。

我笑了笑，不好回答她。

「你這麼有錢，怎麼不買車呢？」她問道。

「我不會開。」我說，「你有車，這說明你有錢啊。」

「切！你看清楚了我這是什麼車了沒有？幾萬塊錢的，代步而已。」她癟嘴道，「我教你開車怎麼樣？」

「好啊，什麼時候？」我問道。

還別說，我真的很想馬上把車學會。

「看你的時間吧，最好週末。」她說。

「好。」我應道，心裏在想，最近我得把我的門診時間調整一下。

幾天後，我給她打電話，說了學車的事情。她滿口答應。

她的車是一輛手排擋的轎車，國產品牌的。

我學車的第一天唯一的感受是，我真的體會到了莊晴所說的那種灌入的感覺，在掛擋的時候。

我本不想去那樣想，但當丁香讓我學習掛擋的時候，我竟極其自然地想到那上面去了。從空擋的位置放入到一檔裏面，開始的時候有些摩擦的感覺，隨即爽快地進入，真就和那個過程一樣。然後又回到空擋，進入二檔，依然如此。

有些事情不能想，一旦進入其中，臆想就會情不自禁地來到。

我有些憤恨自己，因為我發現，自己的思想已經變得骯髒不堪起來了。

她在給我講解開車的基本要領，我卻心神不定。

而讓我感到尷尬的是，她似乎看出了我的這種心神不定，「怎麼啦？你怎麼好像在走神？」

我霍然驚醒，「沒什麼。」

她看著我笑，「你是不是覺得我太漂亮了？」

我哭笑不得，「你當然漂亮。不過，你這樣自己說就好像不大對勁，容易讓人懷疑你是自戀狂。」

「你真是的，和女人說話怎麼一點都不掩飾一下啊？現在我是你師父呢，再怎麼，你也應該說幾句讓我聽起來舒服的話啊？」她不滿地道。

「你以前的先生是做什麼的？你這麼漂亮，他怎麼捨得和你離婚啊？」我和她開玩笑道。我的目的是想避開剛才的這個話題，同時也是為了讓自己分心。

「你真無趣，人家最不喜歡什麼你就說什麼。」她大聲嚷嚷道，「對了，我倒是想問你一件事情，你說你們男人是不是在得到了女人的身體後，就會很快厭煩起來？」

我搖頭，「那倒不一定。如果一個女人不但漂亮，而且性格也溫柔可人的話，男人是不會厭煩的。其實，說到底，還是兩個人是否有感情的問題。」

「有感情就不會厭煩對方？」她問道。

「男人喜歡女人，最開始都是性吸引，但隨著時間的推移，兩個人感情加深的話，男人即使不再被女人的身體強烈吸引，也依然會喜歡這個女人的。那時候，兩個人就已經不是用性來維繫婚姻關係了，情感才是他們婚姻的紐帶。」我回答說。

「你們男人是不是很喜歡和不同的女人在一起玩？我的意思，你應該明白吧？」她又問道。

「那是男人最原始的動物習性。動物的原始習性包括對食物的爭奪，以及對交配權的爭奪，目的是為了生存和傳承後代。丁香，我們別談這個話題了，你還是教我學開車吧。」我回答說。

「我喜歡探討這樣的問題。你是婦產科醫生，不也需要更多地瞭解我們女人嗎？我們可以通過這樣的探討，滿足互相的好奇。學車很容易的，特別是你們男人。古代的男人喜歡騎馬，現在的男人喜歡駕車，道理是一樣的。你現在開一段我看看。」她說。

我將車朝前面開去，開始的時候車抖動得厲害，但是很快就平穩了。

「是吧？我說了的，你開車悟性很高。男人的方向感與速度感比我們女人好。如果你開自動擋的車，肯定就更好了。馮醫生，從你開車我看得出一個問題，那就是，你喜歡女人。」

我猛地將車停住，「你這話從何說起？」

「能夠輕易駕馭速度的男人，對女人的渴求很旺盛，而且很容易就讓女人上手。」她說，「這是我從一本雜誌上面看到的。」

「這是什麼理論啊？胡扯。雜誌上面的東西你也相信？」我不禁笑了起來。

「當然相信，我覺得說的有道理。」她笑道，「馮醫生，你們男人在性愛的時候，感覺是什麼？」

我覺得她說話很奇特，竟然毫無遮攔，這讓我很不習慣。

「喂！你們師範大學的老師都這樣嗎？怎麼比我們學醫的人還開放啊？」

「這是探討問題呢，我是當老師的，教的又是大學生，他們都是成年人了，我對他們的各種心理要有充分的瞭解，這是應該的吧？」她笑著回答道。

「你不就是教數學的嗎？管那些事情幹什麼？」我很是不解。

「我現在兼任輔導員的工作。所以，準備學心理學呢。大學生是一個特殊的群體，我很想瞭解他們思想上的許多困惑，這當然也包括他們對性的困惑了。」她說，「不過，我確實不大瞭解男人的這方面，也不可能去問我的那些學生們啊。馮醫生，你是婦產科醫生，難道你不想知道，我們女人對性愛的感受是什麼嗎？其實，我們女性的很多疾病，都是因為激素紊亂造成的，而激素的紊亂往往與性有關係，你說是吧？」

「男人的愛集中表現在做愛上。男人一旦強烈欲望難忍時，最大、最迫切的心願就是做愛。在男人看來，似乎只有做愛，才是傳遞情感的最佳方式。而且，男人的性愛往往帶有征服的欲望。

「並且，男人最大的快感不在過程上面，他們的快感完全集中在了噴射的那一瞬間。當然，過程也很重要，那是彰顯男人的力量和能力的過程，是男人得到女人讚揚的原因。所以，性愛的過程對男人來講，除了滿足自己的心理需要外，更多的其實是一種奉獻，因為女人是需要那個過程的。所以，我們男人也偉大著呢。」

我的回答本來帶有開玩笑的成分，但是，沒想到她卻很認真地說道：「原來是這樣的啊，我還以為你們男人很自私的，只是為了發洩。」

我覺得和一位漂亮女人談論這樣的事情會很不自然，因為這樣的話題往往容易引起生理上的異樣感覺，「所以，男人並不是你們女人想像的那樣齷齪。你們女人總認為和男人在一起做那件事情，是自己吃虧了，其實不然，在做愛的時候，男人付出的可要比你們女人多。哈哈！好了，不能再說了。孤男寡女在一起討論做愛的事，不奇怪嗎？還有，你這麼漂亮，很容易讓我覺得你是在勾引我。」

「我哪裏勾引你了？趕緊開車！」她對我嗤之以鼻。

我大笑，「是我思想齷齪，這樣行了吧？」

「你在給我檢查的時候，齷齪過嗎？」她問我道。

「沒，沒有！」我急忙道：「真的。」

「我真佩服你，我這麼漂亮，竟然都不能讓你齷齪一下。」她也大笑著說。

我哭笑不得。

「馮醫生，我想肯定很多女人喜歡你。你也有不少的女人，是吧？」她又問我道。

「沒有。」我慌忙地回答，「丁香，求你了，我們不談這個話題好嗎？我是婦產科醫生，那只是我的職業，我很敬業的。」

「這我相信啊。我們說的是生活。我想，你是婦產科醫生，肯定知道我們女人最需要什麼，也很懂得如何讓我們女人更舒服一些。你說是吧？」她問我道。

「你還說沒有勾引我……別說了，不然，我真要對你有想法了啊。」我開玩笑。

「還別說，我還真想知道和你做愛是種什麼感覺呢。」她卻忽然「噗哧」地笑出了聲來。

我頓時愕然。

「怎麼？害怕了？」她問我道。

「你不是說，一切不以結婚為目的的做愛，都是耍流氓嗎？」我笑著問她道。

「偶爾耍一下流氓也可以接受的。」她看著我，眼裏波光流動，嬌媚無比。

「你……我簡直不敢相信你是老師。」我大笑。

這種大笑，其實是在掩飾自己內心的綺念與擔憂：她不會是在試探我吧？

男人和女人有一個共同的地方，那就是，並不希望自己被別人看成是流氓。所以，我很擔心她是在以這種方式試探我。

當然，我並不希望自己就這麼輕率地與她發生關係。現在，我早已經感覺到了一點，我是令人尊敬的醫生，長相又比較帥氣，如果想要女人的話，隨時都可以。不過，我雖然可滿足自己的欲望，但卻不願違背自己的職業尊嚴。我可不希望自己在病人的眼裏是流氓。

「你拯救了我，我以身相許，總可以吧？」她卻很認真地在對我說道。

「我治好的病人可多了去了，難道她們都要對我以身相報？這樣的話，我可受不了。」我苦笑著說。

她一怔，隨即喃喃地道：「你這個人……人家主動找你都不要。幸好我很漂亮，不然的話，你會傷害我的自尊心的。」

「好啦，你就別試探我了，我可不是你想像的那種人。嗯，你這車很好開。如果再練幾次的話，我估計就可以獨自開車出去了。」我急忙說，目的還是為了岔開話題。

「那你應該去買輛車。」她說，「怎麼樣？現在我們就去看看？」

「好啊，可是我不知道買什麼樣的車。」我說。

「你手上有多少錢？準備買什麼價位的？」她問道。

「二十萬以內吧。」我說，「最好還是自動擋的。」

她癟嘴道：「如果我是你的話，要買就買越野車，男人開越野車才有那種感覺。三十萬就可以買一輛稍微不錯的了。怎麼樣？」

「去看看再說吧。」我說，忽然覺得有些肉痛：三十萬啊，錢可不是白紙。

「我來開吧，等你買了新車後自己慢慢學。現在時間不早了，我們早點去車市。」

我開得正爽，心裏正興趣盎然呢，「我開吧，開到城裏的時候你來。」

「行。不過我有一個條件。」她笑著對我說。

「什麼條件啊？算了，你來吧。」我頓時警覺起來。女人提出的條件，往往都是讓人頭疼的。

「你還是男人呢，怎麼聽都不聽就拒絕了？我的條件對你可是好事情。」她頓時不滿起來。

「那你說吧。」我不得已地道。

「你買了新車，我先開一周，怎麼樣？」她笑著對我說。

我頓時鬆了一口氣，「可以。」

「然後，我們去周邊一處景點玩一天。」她又道。

「我要上班。」我說。

「週末啊，或者你今天把車買了，明天我們就去。」她說。

「週末我要陪老婆。」我再次感覺到了不妥。

「你就把我當成你的老婆吧，臨時的，就一天。」她嬌媚地看著我說。

我再次怔住了。

丁香的話讓我怔住了。

在我的印象中，她雖然口無遮攔，但本質上講，應該還是一個傳統的女人。畢竟，她的身分還是大學教師。而且，她那麼有氣質。當她的病情好轉之後，我看見她的第一眼，就覺得她是那種很知性的女人，美麗、清純而不豔俗。

「馮醫生，你是第一位在我面前這麼拽的男人。」她繼續說道，「難道，你們婦產科醫生都是被女人追求的？這也太拽了吧？」

「不是這個問題。是我們不能那樣去做。你想想，我這樣的工作，整天接觸的都是女性，如果我們見到漂亮的女人都喜歡的話，那怎麼得了！」我笑著說。

「這倒是。不然的話，你就真的成流氓了。今後，誰還敢找你看病啊？」她大笑，隨即又道：「不對，是病人的老公和男朋友不准他們的女人找你看病了。」

我苦笑，隨即說道：「你來開車吧。還別說，我現在真想馬上去買車了。不過，前面的話可是開玩笑的啊。晚上和你喝喝酒倒是可以的，和你們學校的那些朋友一塊兒也沒問題。其實，我也算是大學教師呢，因為我們醫院是附屬醫院，而且我走的也是教師系列。」

「是嗎？那你現在是什麼職稱？」她問道。

「副教授啊，我都三十歲了。」我說。

「很不錯，我才講師呢。唉！我距離副教授，不知道還有多遠呢。真羨慕你們學醫的，成果看得見、摸得著。我們可不行。數學是什麼啊？世界級難題我做不出來，一般的問題大家都會做，要出成果，很難。」她歎息。

「那就研究一些適用的東西，比如應用數學什麼的。」我說。

其實我也不懂，只是想當然罷了。

「說起來容易啊。現在申請課題很難的，那些課題都讓那些教授、副教授拿去了，哪裏輪得到我們講師來做？」她搖頭道。

「這倒是。」我說，「不過你有優勢啊，你這麼年輕。今後機會很多，實在不行，就熬資格。」

「年輕的時候不抓住機會做些事情的話，老了可就不行了。智力會退化的。現在，高校裏面太亂了，原以為高校是目前社會上最純淨的地方，其實根本就不是！現在的高校，就好像我們國家改革開放初期時候的樣子，很多事情沒有規範，大家都在亂來。

「校長把學校當成了他私人的東西，今天修教學樓，明天修圖書館，過幾天把校園的道路重新修一遍，目的大家都知道，還不是想通過專案私人撈錢？

「教師的待遇差得一塌糊塗，校長還經常在外面吹牛，說我們的待遇是最好的。還有，校長喜歡漂亮女人，把學校裏面很多處室的負責人都換成了漂亮女人，他就像皇帝一樣，每次開會的時候都被那些女人簇擁著，女人們還因此互相吃醋。你說，這樣的學校，能夠教育出合格的人才嗎？」她開始義憤填膺起來。

我看著她笑，「你們學校裏面，還有比你更漂亮的？」

「我才不去和那些女人一樣呢。為了那個處長的位置，一個月就多兩三千塊錢，值得嗎？」她憤憤地道，「更何況，校長不可能一輩子當校長吧？他退下去了，那些女人怎麼樣還難說呢。」

我對學校的情況並不瞭解，不過，我覺得她所說的也太匪夷所思了，「你們校長真的那麼囂張啊？難道就沒人告他嗎？還有就是，那些女人的男人，難道都不管？」

「怎麼沒人？告他的人多了去了。現在高校就好像是監管的空白地帶一樣，沒人管的。而且，據說校長的後臺很硬，根本就告不下他來。對了，還有你說的那些女人，最近才有一個女人的老公跑到學校來，把我們校長打了一頓，鬧得全校都知道了。」

她說，隨即笑了起來。

「真的？那校長怎麼說？」我頓時來了興趣。

「什麼怎麼說啊？還不是大喊冤枉。哈哈！我還真想不通，那些女人是怎麼想的？那麼一個老頭了，和他睡覺噁心不噁心啊？」她大笑。

「每個人的想法不一樣的。不過，你們校長還是很厲害的，那麼大年紀了，竟然還有那麼好的精神。對了，他多大了？」我笑道。

「五十多歲了吧。」她回答說，「現在高校裏不都這樣嗎？那些碩導、博導們，哪個不是五十來歲？他們的資源豐富啊，可以決定學生是否考上他們的研究生或者博士生。他們都喜歡招收女學生呢，然後，以給予她們出國機會、安排工作什麼的為誘餌，你說，哪個女學生不是服服貼貼的？現在的年輕人啊，都是喜歡走捷徑的。你說是不是這樣？」

「是啊，現在的人都很浮躁的。」我點頭。

「馮醫生，你現在也是副教授了，估計過幾年就可以招碩士了吧？今後，你是喜歡招收男學生呢，還是女學生？」她笑著問我道。

我瞠目結舌，一會兒後才苦笑著說道：「婦產科嘛，當然是女學生多了。不過，我還不至於像你想像的那樣吧？」

「難說哦。」她歪著頭，看著我笑道。

「難道你今後也只招收男學生？」我笑著反問她道。

她的臉上緋紅，「啐」了我一口後道：「女人和男人不一樣的，只有那些富婆才那麼無聊。」

我大笑。

第五章

傳說中製造愛情的地方

「哥，我說了，你不要笑話我啊。」她扭捏的說。
「說吧，我怎麼可能笑話你呢？」我笑著說，心裏在想道：
她究竟喜歡什麼地方呢？為什麼還不好意思說出來？
「我還想去夏威夷。」她低聲地說。
我隨即明白：她希望有一次浪漫的旅行。
她喜歡西藏的純淨，而夏威夷則是傳說中製造愛情的地方。

晚上與陳圓一起吃飯，「陳圓，我想去買輛車。」

「買吧，你喜歡就行。」她說。

「你不問我想買什麼車？」我笑著問她道。

「汽車可是值錢的東西，買車是大事情，這樣的事情，你自己決定了就是。我也不懂啊。」她笑著回答道。

「你也說說啊？你喜歡什麼類型的？還有品牌。」我說。

「你是男人，我覺得越野車好點。」她說。

我頓時高興起來，「你和我想的一樣。」

「哥，今天我看了一下，怎麼家裏少了二十萬現金啊？」保姆進廚房去添骨頭湯時，她低聲地問我道。

「我學姐借去了，她想買房。」我回答。

她頓時不語。

「怎麼啦？你不高興？」我問她道，因為我發現她的臉色變得沉鬱起來。

「你和你學姐……」她低聲地問。

我心裏頓時一沉，而且心存慚愧，「她剛剛離婚，所有財產都被她男人拿去了，現在連住的地方都沒有。而且她說了，會很快把錢還給我們的。」

「我說的不是錢的問題。哥，你知道的，我把錢看得並不是那麼的重。」她低聲地道。

我當然知道她的意思，「我和她就是學姐弟的關係，你別胡思亂想好不好？」

「哥，我說過，不管你那些事情的，但是現在，我總有一種感覺，我感覺好害怕。」她黯然地道。

「你害怕什麼？」我詫異地問她道。

「我害怕有一天會失去你。」她說，不敢來看我。

「傻丫頭，怎麼會呢？」我禁不住去輕柔地撫摸她的秀髮。

這時候，保姆出來了，我急忙縮回了手，「陳圓，最近你莊晴姐和你聯繫過沒有？也不知道她現在怎麼樣了。」

「沒有。她也沒有和你聯繫過？」她問道。

我分明看見她臉上浮現出了一絲笑意。

「沒有。」我搖頭，隨即不再說這件事情了，因為我明白她剛才那絲笑意代表的是什麼。

「阿姨，你們家那位什麼時候來啊？」我即刻去問保姆。

「可能就在最近吧。」她說。

「哦，那好啊。胃病不能拖，不然會越來越嚴重的。」我說道。

「是啊，我也擔心這件事呢。他可是我們家的主勞力，家裏的幾畝田地還得他種呢，每年還要出去打工，他的身體我真是太擔心了。」保姆的話頓時多了起來。

「阿姨，有件事我不大懂。」我笑著對她說道，「你們住在農村，有自己的田土，吃飯應該沒問題了吧？還可以餵上幾頭肥豬什麼的，幹嗎還要出來打工啊？像你這樣，一年幾千塊錢，難道在農村掙不到這麼多？」

「姑爺，你不知道的，現在農村種糧食、餵豬什麼的，根本就不賺錢，還會虧本。種糧食是沒辦法的事情，不種的話，會虧得更多。」她搖頭歎息。

我很詫異，「為什麼呢？」

「現在的化肥、農藥、種子都很貴，糧價卻很便宜。一年到頭下來，持平就不錯了。如果不種的話，還得向村裏交錢。餵豬就更不用說了，一頭豬一年吃的糧食和殺豬後賣出去的錢差不多，還要交各種的稅。餵不起啊。」她說，「出來打工雖然辛苦，但得到的都是現錢啊。幾年下來，還可以修一棟房子，孩子讀書的錢也可以解決了。姑爺，你不知道啊，我們農村的人苦啊。」

「陳圓，你看，和他們比起來，我們就好像生活在天堂裏面了，所以，我們都得知足才是。」我歎息著去對陳圓說道。

「嗯。」她點頭，「哥，你最近能不能向你們醫院請段時間的假啊？」

我有些詫異，因為我想不到她忽然說到這件事情上面去了。

「你要我請假幹什麼？」

「我想回我從小長大的那家孤兒院去一趟，你願意陪我去嗎？」她問道。

「那家孤兒院，不在我們江南嗎？」我詫異地問。

在我的感覺中，一直以為陳圓的那家孤兒院就在我們江南，因為上次施燕妮好像說過，她是在省城將陳圓扔下的。

她搖頭，「不是，不過不是很遠，是在江北省。」

我暗自疑惑：難道是我上次聽錯了？嗯，很有可能，因為江北省距離我們這裏並不遠，高速公路的話，也就兩個小時的時間。也許施燕妮說的就是江北省的省城。她說過，她是離家出走後才生下陳圓的。

「這樣吧，明天我去問問秋主任，看能不能把我的休假時間提前一下。」我說，隨即柔聲地對她道：「其實我也很想去你小時候成長的地方看看的。」

她頓時高興起來，「哥，你可以先去買車啊，到時候，我們自己開車去，那樣方便。」

我搖頭，「我現在這技術，上高速我擔心會出問題，安全才是最重要的，你說是吧？何況，你有孩子，萬一受到了顛簸就麻煩了。」

「嗯。」她說。

吃完飯後我去看電視，陳圓過來依偎在我身旁，「哥，你給莊晴姐打個電話吧，問問她現在怎麼樣了。她一個人在那邊，也不知道她的情況。」

我頓時有了一種想要撥打電話的衝動，不過我忍住了，「還是你打吧，一會兒我說兩句就是了。」

「嗯。」她說，隨即拿起旁邊的座機撥打起來。

「莊晴姐，是我啊，陳圓。我也很高興，好久沒有聽到你的聲音了。哥在我身邊呢，是他讓我給你打電話，問問你的情況。你現在怎麼樣？最近回來嗎？這樣吧，我讓哥和你說話。」她的聲音隨即變得歡快起來，嘰嘰喳喳地和對方說個不停。

我看著她的臉，紅撲撲的很好看，但是，我聽不見電話裏面莊晴在說些什麼。

「哥，你自己和莊晴姐說吧。」陳圓隨即將電話的聽筒遞給了我。

我有些激動，急忙接了過來。

「我去上廁所。」陳圓隨即站了起來，快速朝廁所跑去了。

我知道她是在有意迴避，心裏不禁有些感激，同時又有些愧意。

「馮笑，你幹嗎不給我打電話？最近又被哪些女人給迷住了？」電話裏面傳來的是莊晴的聲音，她在笑。

「別胡說，你不是說要經常給我發簡訊的嗎？」我心裏猛然地溫暖起來，因為我感覺到她的聲音是那麼熟悉，而且，腦海裏浮現出的依然是她那張美麗的面容。

「我最近太忙了。」她說，「你和陳圓還好吧？陳圓的預產期還有五個月就要到了吧？」

「差不多。」我回答，「怎麼樣？你還沒有回答我呢。你現在的情況怎麼樣？」

「還可以吧。」她說，「馮笑，你不知道，北京這邊好多和我一樣的女孩在做腿模呢。反正現在掙吃飯的錢沒問題，慢慢來吧。」

我聽出來了，她現在的情況並不是那麼的好，「莊晴，如果你覺得堅持不下去了就回來吧。最近章院長才找我問了你的情況呢。我給他講了，如果你要回來的話，他會重新給你安排工作的。反正他是院長，一句話的事情。」

「我才不回來呢，也不要他給我安排什麼工作。」她說，「馮笑，今後他如果問你的話，你就說你什麼都不知道。」

「為什麼？他不是你親戚嗎？人家還不是為了關心你？」我說道，覺得她有些不大近情理。

「他不是什麼好人。馮笑，你別問了。對了，我告訴你一件好笑的事情。今天讓我去試衣服，結果那些衣服我都穿不得，因為那些衣服都是為那些高個模特兒準備的，我個子最矮，那些衣服穿在我身上把腿都遮住了，我一氣之下就把一件衣服的下擺撩到腰部，簡單地紮了起來，你猜結果怎麼樣？」

「怎麼樣？」我問道，心裏卻在納罕：她為什麼會說章院長不是好人？

「結果攝影師驚喜地發現，那樣一來顯得我的雙腿很修長了，他給我照了好多相片，我都看了，真的很漂亮。」她大笑著說。

「是嗎？這倒是個無意中的收穫啊。」我頓時被她的這個好消息吸引過去了。

「我的腿本來就很好看的，你說是吧？馮笑，你想我了嗎？」電話裏面傳來了她細微的聲音，而且充滿著柔情。

我頓時感到心跳加速起來，內心也在開始躁動。

「是的。」我說，隨即轉身去看，發現陳圓就在不遠處，「莊晴，陳圓來了，你和她再說幾句吧。」

電話裏面傳來了她的歎息聲，「好吧。」

「陳圓，來，你莊晴姐還要和你說話呢。」我把電話遞給了她，隨即去到洗漱間。

莊晴那聲幽幽的歎息，一直縈繞在我的耳朵裏面。

第二天，我去找到了秋主任。

她倒是很豁達，「沒問題，反正是休假嘛。不過你得給住院老總說一下，把你夜班的時間和門診時間調整一下。」

我點頭，不住道謝。

醫院裏面最辛苦的就是住院老總了。每個科室裏面都會安排一個人擔任住院老總，這樣的人一般是主治醫師級別的，他們負責的是夜班和門診醫生的安排，二十四小時值班，而且半年才換一次。

我參加工作後，還一直沒有輪到去幹這樣的工作，而我現在已經是副教授了，還同時是科室的副主任，也就是說，我將順利逃脫住院老總這樣一項難受的工作。

一般來講，只有當過住院老總後，才可以被提拔為副教授的，但是也有例外，比如我。

我是科室的副主任，而且還有秋主任打了招呼，所以，住院老總並沒有說什麼，她只是歎息了一聲，「這人的命就是不同啊。」

我只是笑了笑，沒有說什麼。因為她的這種抱怨並不是針對我。試想，每天二十四小時，連續值半年，誰不厭煩呢？

晚上回家的時候，我發現林易和施燕妮竟然也在。

「馮笑，我可好幾天沒看到你了。聽小楠說，你們準備出去一趟是吧？怎麼樣？需要我給你派車嗎？」

「不用了吧？自己帶車雖然方便一些，但也很麻煩的。」我說。

「怎麼會麻煩呢？你帶上車，駕駛員順便還可以安排你們的生活，多好。」他笑著對我說道。

「我還正說去買輛車呢，可惜我的技術還不行。」我搖頭道，「如果我早些去學會的話，就自己開車去了。」

「現在你還是不要自己開長途的好，安全第一。小楠懷有身孕，最好還是由專職駕駛員駕車。小李還不錯，你們就把他帶上吧。」他說。

「也行。」我想了想，覺得他的這個安排倒是想得很周全。

「好，那就這樣定了。你們準備什麼時候出發呢？」他問道。

我隨即去看陳圓，「你說吧，反正我已經請好了假了。」

「那就明天吧，你的假本來就不長。」陳圓說。

我點頭，隨即去對保姆說道：「你男人來了後，就去找我學姐吧，我一會兒給她打個電話。」

「不，姑爺，你別管我們的事情。」她忽然慌亂了起來，不住地看林易。

「什麼事情啊？」林易問我道，臉上沒有什麼表情。

「是這樣。」我急忙地說道，「她男人患有嚴重的胃病，是我提議讓他到我們醫院去做檢查的。」

林易頓時笑了起來，「這樣啊，馮笑這是關心你家裏的事情啊？你讓他來吧，胃病可耽誤不得。沒關係，這樣吧，他來了，你讓他自己去看就是，費用我給你們報銷吧。」

保姆的嘴唇在顫抖，「謝謝林老闆。謝謝姑爺。」

「把飯菜端上桌吧，我和馮笑喝幾杯，同時說點事。」林易隨即吩咐保姆道。

施燕妮和陳圓在那裏嘀嘀咕咕的，不知道在說些什麼。我也沒去管她們。一直到吃飯，她們才坐了過來。

保姆沒有敢上桌，因為林易在，所以我也就沒提讓她一起吃飯的事情，因為前幾次都是這樣。

我和林易開始喝酒。

「最近，你和常廳長見過面沒有？」這是上桌後林易問我的第一句話。

我點頭，「她說了專案的事情。」

「專案沒問題。本來開始的時候是一個小專案，現在擴大了，因為我們商量過，準備把那塊地周圍的那一片都買下來，一起打造成一個像樣的社區。那地方太好了，要打造成高檔社區，就必須那樣。」他說。

「我不懂的。不過，我覺得這樣確實很不錯，反正要做，不如做得更好一些。」我點頭說。

「關鍵是周圍的那一片土地，那地方不是民政廳的，是省教委的電教中心。這件事情得黃省長出面才行。」他說。

「這我倒是沒聽常廳長說過。你和常廳長談過了嗎？」我問道。

「談過了，不過她好像很猶豫。這件事情還得你去和她說說才行。她猶豫是正常的，畢竟是大事情。我估計，她現在考慮的並不是土地的問題，而是專案的投資總額翻了幾倍的問題。她有些拿不定主意。因為這裏面會涉及民政廳的股份，因為投資額增加了那麼多，民政廳的股份就被稀釋了。所以，她擔心會引起不好的反應。」他說。

「既然這樣，那就應該替她找到一個合適的理由。」我說道。

「對，不過，這個理由不大好找。」他說。

「乾脆就把民政廳的那塊土地買過來得了。或者，按照原有的股份把錢直接給民政廳就是。」我說道。

「馮笑，你真是聰明人啊。我也是這樣想的。不過，常廳長猶豫的正是這個方面。因為土地的價值與開發後的利潤相比，可不是一個概念。」他歎息道。

「國家機關單位好像不能參與開發的事情吧？如果上綱上線的話，民政廳也就只好退出了。」我說。

「對呀！」他猛地一拍大腿，「馮笑，你的這個思路太好了。現在我們得想辦法造輿論，讓民政廳不得不讓步。不過，這件事情得常廳長同意才行。不然的話，她今後會很被動的。」

「這件事情還是你自己去和她商量吧，我去不合適。因為我不懂具體的東西。」我說道。

他點頭，似乎在思索著什麼，一會兒後他才說道：「這樣吧，你和小楠出去玩。具體的事情，我和常廳長慢慢交流。」

「她肯定為難的。」我說道，「除非你做通了她下面幾位副職的工作，這樣的話，她的壓力就要小多了。」

他點頭，「是啊，我也這樣想。不過，還是先得和她商量才是。你別管了，反正我必須得充分尊重她的意見。至於具體的操作方式，今後再說。有些事情對我們公司來講，其實很簡單，關鍵的是要她同意。馮笑，你不做生意真是太可惜了，乾脆，你還是到我這裏來當副總吧。」

「你真是的，人家馮笑是知識份子，怎麼會去當你的副總呢？」施燕妮這時候笑道。

我也笑，「其實我真的不懂，只不過我有時候旁觀者清，偶爾想得明白一些罷了。如果真的讓我來當你們什麼副總的話，肯定會把生意做得一塌糊塗的。」

所有的人都大笑。

「還有件事情。」隨後，林易又道，「我聽說，民政廳最近準備把陵園的專案拿出來招投標，那可是一個不錯的專案。不過，我現在很猶豫，因為我覺得，我們公司去做那個專案好像不大吉利。馮笑，你是旁觀者，說說你的看法吧。」

我心裏猛地一動：他怎麼也看上那個專案了？

「你最好不要去做那個專案。」我想了想後說道。

「哦？為什麼？」他詫異地看著我問道。

「那個專案曾經涉及斯為民和宋梅。據我所知，現在員警還在懷疑宋梅的死與那個專案有關係，甚至還可能認為宋梅的死並不是斯為民指使的。如果我是員警的話，肯定會認為，今後誰得到了專案，誰就有嫌疑。當然，我可以相信你和那件事情沒有關係，不過，因此而招惹上麻煩，或者給常廳長招惹上麻煩的話，就不值得了。」我說。

我說的是實話，因為我的確覺得，那件事情與林易沒有什麼關係。

「小楠，走，我們去裏面說說話。」這時候，施燕妮對陳圓說。

陳圓明白了她的意圖，即刻站了起來，兩個人去到了我們的臥室。

林易的身體動也未動，他在看著我微笑，「宋梅的死已經有結論了，怎麼和這個專案又扯上關係了？」

於是，我把宋梅告訴我趙夢蕾謀殺案件的事情講了，「這個宋梅是如此聰明的一個人，你不覺得，他死得太容易了嗎？」

他頓時笑了起來，「這究竟是你的猜測，還是員警的猜測啊？」

「這件事情我和員警談過。我始終覺得宋梅的死有問題。」我說。

「一個人的生死是自己不能確定的，除非自殺。某個人在某棟樓底下可能忽然被從樓上掉下來的一個花盆給砸死，你說，這與這個人的聰明有什麼關係呢？」他說道。

我搖頭，「那是偶然，宋梅的死卻是人為的，不可混為一談。」

「我覺得沒那麼複雜。宋梅一直在欺騙你，也許他覺得把故事編得越離奇，你就越能感覺到他高明。他這個人我雖然不是很瞭解，但他的事情我還是聽過一些的。他小聰明是有的，但不是做大事的料，他就是一個靠坑蒙拐騙就想賺大錢的人，這點，他與斯為民差不多。馮笑，可能你想多了。」他微微地笑，朝我舉杯。

「可能是吧。不過，我總覺得宋梅的事情會影響到常姐。這件事情我也在她面前提過。」剛才，陳圓在的時候，我一直稱呼常育「常廳長」，現在，我又改回了日常的稱呼。不是因為其他，而是我擔心她有什麼想法。陳圓現在懷有身孕，我不想她因此受到什麼刺激。

「那畢竟是一個不錯的專案，而且資金回報率很高。我不至於因為這種莫名其妙的猜測，就放棄吧？」他說。

「這倒是。不過，宋梅曾經與常姐簽署過一份意向性協定，後來因為斯為民與朱廳長簽署了正式協定後，才發生了後面的事情。而現在，有件事情是明擺著的，那就是，宋梅的死似乎對常姐最有利，對下一位投資者更有利。如果後面中標的人與常姐沒有什麼關係倒也罷了，可是你不一樣，我擔心這個專案會影響到現在的那個開發專案。說到底，我們現在與常姐是一體的，所以，我覺得還是小心一些的好。」我說道。

「是這個道理。」他點頭道，「你的考慮很正確。不管怎麼說，常廳長的安全才是最重要的，如果影響到她的政治前途的話，就得不償失了。」

「是啊。我也是這樣想的。現在，你們江南集團反正有專案在做，何必非得去做那樣有風險的專案呢？何況你自己也說了，那個專案還不吉利。」我笑道。

「哈哈！有道理。」他大笑。

此時，我忽然想起了一件事，「那次見你測字那麼靈，你怎麼沒有測到趙夢蕾的事情？」

這個問題在我心裏疑問了很久，今天我借著酒意便問了出來。

如果是以前，我可能會對這個問題有所顧忌，但是現在不一樣了。現在，我更想搞明白他在這件事情上的想法。

「測字這樣的事，只可以當成酒後的遊戲。你是搞自然科學的，不應該迷信那樣的東西。如果我真的測得那麼準的話，還去論證那些專案幹什麼？」他大笑。

「那你上次……」我疑惑地問他道。

「端木不一樣，他是官員。其實現在的官員比其他任何人群都要迷信。何況他那時候需要的是信心。一個人在很多時候，是需要信心支持的，信心有了，事情也就成功了。我當然希望他能夠更上一步，這樣對我來講也是好事情。畢竟，現在官員手上掌握的權力是可以變現的。你說是不是這樣？」他笑著對我說。

「問題是，他相信了嗎？」我懷疑地道。

「古代很多開國皇帝最開始的時候不敢造反，但是他的部下會找來一位術士，然後告訴他說，他是如何具有帝王氣象，這才讓他下決心開始造反。這裏面的道理完全是一樣的。其實，最主要的目的也是為了增強他的信心。當然，其中也有失敗的。端木專員有他的優勢，而且也有一定的背景和難得的機會，我忽悠他一次，也是為了他好。不過，這件事情你千萬不要告訴他啊，不然下次就不靈了。」他低聲地對我說。

我張大了嘴巴，似乎明白了，「那個服務員是你早就串通好了的？」

他意味深長地笑了笑，「還有沈丹梅。」

我大笑，因為我想不到，這個人竟然如此有心計。不過，我還是有些感動，因為他竟然對我說了真話。

「也不知道他現在與常廳長的關係處得怎麼樣了。我一直在勸說他與常廳長重婚。」他歎息道。

我再次驚訝，「原來是你在勸說他啊？我說呢。」

「怎麼?你也知道這件事情?」他詫異地問我道。

我點頭，「是啊，常姐給我說過。不過她已經決定了，不再考慮重婚的問題。因為她不能原諒端木專員的過去。」

他點頭，喟歎道：「是啊，她畢竟是女人。你看吧，緣分這東西還是要講天意的。我本以為他們兩個人互相有需要對方的地方，很可能重婚的。現在看來，是我多事了。不過馮笑，常廳長對你可是真的很不錯，你一定要好好珍惜這個關係。你現在是科室副主任，應該很快就會發展起來的。」

我頓時恍然大悟，「是你去醫院說我的事情?你是不是給醫院領導送禮了?」

他卻在搖頭，「不是我，是常廳長給衛生廳裏面的一位領導說了句話。科室副主任那樣的小官，她隨便說一句，人家肯定會給她這個面子的。」

我搖頭，「下次我碰見常姐的時候給她說一下，我不想當什麼官，最多當科室主任就夠了。當官太麻煩，而且，對專業影響很大。」

他看著我笑，「人各有志。這樣也好。」

隨後，我們又閒聊了一會兒，然後林易和施燕妮離開了。在離開之前，林易對我和陳圓說道：「明天，你們吃了中午飯就出發吧，小楠可以在車上睡覺。」

我點頭，「這樣也行。正好明天上午我去醫院一趟，順便把阿姨的事情處理好。」

保姆站在我身旁送林易他們倆，我看見她已經變得淚眼婆娑的了。

第二天一大早我就起床了，這已經是一種習慣。起床後，我發現陳圓還在睡覺，也就沒有叫醒她。她現在需要的是大量睡眠。現在，我沒有再勸她去上班，因為我覺得她在生孩子前，還是應該好好休養。反正現在有了這樣的條件。

首先去到了病房。我對自己管轄的病人說了要休假的事情，同時吩咐了她們每個人最近需要注意的地方。她們對我都很感激。我隨後給她們開出了休假前最後的一次醫囑，然後去到了醫院的不育中心。

醫院後面的小山上面有一棟單獨的建築，那裏以前是存放廢舊器材的地方，現在醫院把那地方重新修葺了一遍，還進行了裝修，我進去後，發現這裏倒也有模有樣的，至少比我們科室現在的條件要好。

很快就找到了蘇華，她竟然是單獨的一間辦公室，裏面很寬敞，辦公桌也很大，電腦、沙發什麼的一應俱全。

「喲！不錯啊。像老闆的辦公室。」我進去後，我羨慕地道。

「還可以吧。」她笑吟吟地對我說，隨後請我坐下，然後給我泡茶。

「房子買了嗎？」我問道，隨意地四處打量她的這間辦公室。

「買了，就在距離醫院不遠的地方。一室一廳的，首付不到十萬，你借我的錢，剩下的準備裝修和買東西。」她說。

「可能很緊張吧？還要不要？」我問道。

「不要了。簡單裝修一下，可以住就行了。借多我怕還不起。」她笑著說。

「那就慢慢還吧，不急。」我說，「你現在一個人，該買的還是要買齊。」

「慢慢來吧，已經很感謝你了。咦？你今天不是專程來和我說這件事情的吧？」她笑著問我道。

於是我把我家保姆的事對她講了，隨即拿出兩千塊遞給她，「這是她男人看病的錢，到時候，麻煩你帶他去找一下好點的醫生，錢不夠的話我回來補給你。」

「看病不要錢的，檢查也可以免費。藥錢的話，哪裏需要這麼多？」她笑著說道。

「先放在你這裏吧，反正也不多。」我說。

「剩下的充公了啊，我拿去買零食。」她大笑。

我也笑，「行。學姐吃零食，我這個當學弟的應該出錢才是。」

她看著我，收斂了笑容，低聲地道：「學弟，你怎麼對我這麼好呢？」

她幽幽的、有如哀怨的聲音，讓我不禁緊張了起來，「學姐，你別這樣說，我和你畢竟是學姐弟，關係不一樣的。」

她媚了我一眼，「你知道我們關係不一樣就好。」

我頓時準備告辭，因為我擔心繼續待下去會出問題，「學姐，我明天出去辦事，半個月後才回來。這件事情就麻煩你了。」

「你準備去哪裏？」她問道。

「小陳準備去她以前住過的孤兒院看看，我要陪她，然後到一些旅遊景點走走。」我說。

「馮笑，你們真幸福。」她歎息著說了句。

這時候進來了一個人，五十多歲，禿頂，上唇一撮鬍子，一位矮胖的老頭。

我當然認識他，他就是以前泌尿科的主任，現在是不育不孕中心的負責人，他姓董，潛規則了蘇華的那個人。

我看見他進來了，心裏頓時很不是滋味，但卻又不好表現出來，於是急忙和他打了個招呼後離開。

出去後，我心裏很難受，就好像是吃了一隻蒼蠅似的，很噁心的感覺。心裏在想：蘇華，你幹嗎和這樣一個人攪在一起呢？

忽然想起丁香的那些話來，我不得不承認，或許她所說的那種事情，在我們學校、甚至我們醫院裏面也是風行的，只不過，很多事情我不知道罷了。

急匆匆地搭車回家，保姆早已經做好了午餐。

我把蘇華的電話號碼告訴了保姆，同時對她說道：「看病的費用你一點都不要管，醫院裏面我都說好了，很多專案通過內部關係是可以免費的。雖然林老闆說你可以去他的公司報賬，不過，我覺得這是一件很小的事情，沒有必要那麼麻煩。而且，阿姨你在我們家做得很好，這次就算是給我一個感謝你的機會吧。」

保姆感動得說不出話來了。

其實，我這樣做的目的只有一個，就是希望她能夠在今後照顧陳圓的時候，更盡心一些。白天我要上班，晚上說不定還會有什麼應酬，而保姆將是陳圓身邊最貼近的人了，所以，我覺得，如果能夠幫上她什麼的是最好的，因為我相信一點，人心都是肉長的，將心比心。

陳圓收拾了一大皮箱的東西，我看著客廳裏面那只脹脹的大皮箱，不禁笑了起來，「何必呢？出去了，需要什麼直接買就是了。」

「那樣更麻煩，會花費很多時間的。」她笑著說。

「出去了就隨便玩吧，別考慮時間問題。我也很難得休假，所以很想輕輕鬆鬆地休息這半個月的時間。對了陳圓，你現在最想去的地方是哪裏？」我問道。

她搖頭，「到了孤兒院再說。我很少出門，不知道其他地方。」

「你最夢想去的地方呢？」我微笑著繼續問她道。

「西藏。」她說。

我頓時愕然。本來我想，她會說出海邊什麼的，想不到她竟然說出西藏那樣一個地方來。

其實西藏也是我很想去的地方，因為我覺得那是地球上不多的淨土之一，不過，陳圓現在的情況，很不適合去那樣的地方，我擔心她經受不住高原反應。

「西藏是好地方，但是那裏海拔太高了。其次呢，其次你還喜歡哪裏？」於是我問道。

「哥，我說了，你不要笑話我啊。」她說，很扭捏的樣子。

「說吧，我怎麼可能笑話你呢？」我笑著說，心裏在想道：她究竟喜歡什麼地方呢？為什麼還不好意思說出來？

「我還想去夏威夷。」她低聲地說。

我再次愕然，隨即猛然地明白了：她希望能夠有一次浪漫的旅行。她喜歡西藏是因為那裏的純淨，而夏威夷卻是傳說中製造愛情的地方。

「可是……」我說，「現在去夏威夷也不現實啊？辦簽證得花時間呢。」

「以後再說吧。都怪我，這次是忽然想起來的。」她的臉頓時紅了。

我忽然想起一件事情來，「要不我們去北京吧。你去過沒有？我連北京都還沒去過呢，一直很嚮往那個地方。」

她頓時不語，我這次猛然想起，自己完全是一相情願。莊晴，或許是她內心永遠的顧忌。

於是，我頓時不再說那個話題，「吃飯吧，早點出發。」

我們坐上餐桌開始吃飯。保姆做了不少的菜。

「哥，你很想去看莊晴姐，是嗎？」陳圓終於說話了。

「或許她不希望我們去打攪她呢。算了，以後再說吧。」我說道，內心裏面鬱鬱的，但卻不能流露出這種情緒。

「哥，我們去黃山吧。」她忽然地道。

我點頭，「行。」

現在，我再也沒有了剛才的興致與激情。

第六章

身世的疑惑

「哥，我好害怕。因為我覺得她不是我媽媽。」
「陳圓，你怎麼了？你為什麼會有這樣的想法呢？」
她搖頭道：「我也不知道。我很小時候就會夢見自己媽媽，
但是我夢中的媽媽不是她那個樣子的。
這次回來，我準備問劉院長，是否有我父母的資訊，
但是我忽然害怕了。」

吃完飯駕駛員都還沒有來。我當然不會懷疑林易安排上的失誤，因為這件事情對他來講只不過是一句話的事。我想，小李肯定是去檢查車輛或者加油，所以耽誤了時間。

我把陳圓叫到了臥室裏面。

「家裏的那些現金一會兒拿去存了吧。」

「哥，我還正準備和你商量這件事情呢。」她說。

「哦？怎麼？你對那筆錢另有用途？」我問道。

「那家孤兒院收留了我，養育了我，還送我去上了學。如果沒有他們……」她說到一半，我頓時就明白了，「我明白你的意思了。行，我沒有意見。」

「我只想帶上五萬塊，那些錢畢竟不是我們自己掙來的，多了也不好。」她說。

「帶上十萬吧。再帶一點現金路上用，剩下的存銀行吧。」我說，隨即笑道：「你現在可是富婆了，五萬塊錢太少了。」

「哥，你真好。」她有些感動的樣子。

我不禁笑了起來，「那些錢說到底是你的。人家是看在你是林老闆女兒的份上才送的那些錢和東西，與我可沒有多少關係。所以，它們的使用權在你手上。」

「哥，你怎麼這樣說呢？」她驚訝地看著我。

我這才發現，自己這種說法也有些過了，我送給童瑤的禮物，還有借給蘇華的那筆錢，完全都是自己在做主。

「陳圓，我開玩笑的。現在我們已經結婚了，家裏的一切就都是我們的共同財產啦。好了，不說這件事情了，反正那些錢來得容易，你想怎麼花就怎麼花吧。」

正說著，聽到外邊保姆在叫我們，「姑爺，車來了。」

急忙開門出去，頓時怔住了，哪裏是什麼小李，來的竟然是上官琴。

「怎麼會是你？不是說好了小李去嗎？」

「怎麼？我不合適？」她笑著問我道。

「你工作那麼忙，我怎麼好意思打攪你呢？」我笑著說，心裏暗自奇怪：林易搞什麼名堂？怎麼會派她和我們一起出去？

「唉！說實話，我還真想陪你們一起出去玩玩，可惜我就是一個勞碌的命。沒辦法。馮醫生，我可是奉林老闆的命來的，我這裏有幾份文件，請你簽字吧。」她說著拿出文件袋來，放在了我的眼前。

我很是詫異，「什麼文件？」

「這一份是我們新組建的那家公司的股份合同，你簽上字就可以了。這件事情，林總早已經與常廳長協商好了。內容上你看看，看還有什麼問題沒有。」她說。

我心想：這件事情我早就知道了，還看什麼啊？不過，我還是簡單翻閱了一下，特別留意了股份比例的地方，沒錯，是百分之十五。上次常育對我講過，她，洪雅，還有我，我們三個人一共占百分之三十的股份。因為常育不方便出面，所以她的那百分之十，就由我和洪雅分別幫她簽署了。

我很快地在合約上面簽了字。

上官琴又拿出一份文件出來，「這是入股資金的證明文件。這份文件很重要，是未來你們合法分紅的關鍵性文件。」

「你們想得很周到。」我說，隨即簽字。

隨後，她又拿出一份文件來，我發現這份文件顯得有些雜亂，於是詫異地問道：「這又是什麼？」

「這是林老闆今天上午才去給你買的一輛車。沃爾沃的越野車。這些文件裏面包括了購車的相關手續，包括上戶需要的東西，還有保險什麼的。林老闆和那家車商關係不錯，所以，他們同意先把車提出來。你們馬上要用嘛，手續我這幾天就辦好。」她笑著說。

我頓時怔住了，一會兒後才默默地簽上了自己的名字。

隨後，我忽然想起了一件事情來，「好像買車需要我的身分證吧？」

「是。請你給我吧，我馬上拿去複印。」她笑著說，同時朝我伸出她雪白的皓腕。

樓下就有複印店，她很快複印完畢後，把身分證還給了我，同時笑著對我說道：「你的駕照我也會儘快辦好的。你回來後就可以自己開車了。」

我很詫異，「駕照不是需要考試的嗎？」

「一般情況下是那樣，但是林老闆和車管所的人比較熟，所以直接給你辦理一個就可以了。」她回答說，隨即朝我伸出了手來，「馮醫生，祝你們旅途愉快。」

我伸出手去，將她的手輕輕握了一下，「上官，謝謝你。」

她抽回了她的手，「馮醫生，林老闆還讓我告訴你，他說這輛車是他給他女兒的陪嫁，所以，請你不要拒絕了。」

我淡淡地笑了笑，「我拒絕了嗎？他什麼都想到了。」

她朝我微微一笑，然後離開。我看著她挺得筆直的背影，心裏很是感慨：林易做事情，怎麼總是這種風格啊？

我拿出手機給林易撥打過去，「我們馬上出發了。」

「你還滿意這輛車吧？」他笑著問道。

「我還沒看到呢。不過，唉！算了。」我說。

「哈哈！我知道你要說什麼。我們是一家人，你再那麼客氣的話就不對了。我和你燕妮阿姨就小楠這麼一個女兒，我們的錢，今後還不都是你們的？你說是不是？」他在電話裏面大笑。

「不，你的錢是你們的，如果你實在花不完的話，我們倒是可以幫你用掉一部分。」我笑著說。

「馮笑啊，我怎麼覺得你始終沒有把自己融入我們這個家呢？不過也好，剛才你的那句話，還說明你把我當成了朋友在看待。你說得對，我現在掙錢已經不再是為了個人享受了，是社會財富。好啦，我們不多說了，一路上你要好好照顧小楠，她可是懷有身孕的人。當然，你是婦產科醫生，在這方面你是專家，所以，我就不再多吩咐你了。」他隨即說道，「對了，你等等，你燕妮阿姨要對你說幾句話。」

電話裏面即刻傳來了施燕妮的聲音，「馮笑，小楠這孩子做事情沒什麼主見，但是她很聽你的話，一路上，你還是多將就她一些，讓她高高興興地出去玩一次。她懷孕了，你不要讓她受涼了，她的身體並不怎麼好，還有，她最近睡眠不大好，你看想想什麼辦法……」

她囉唆了很久，我不住地說著：「嗯，知道了，我會注意的。」雖然我有些不大耐煩，但是想到她作為陳圓的母親，這樣嘮叨也很正常，所以我一直耐心在聽著。

她終於說完了，然後又是林易的聲音，「沒辦法，她是當媽媽的，你要理解。好了，有什麼事情，你隨時給我打電話吧。對了，還有一件事情，莊晴的事情我已經安排好了，不過，你不要告訴她是我安排的，免得她會覺得不是她自己努力的結果。」

我很詫異，「你安排好了什麼？」

「哈哈！過段時間，不，或許過幾天你就會知道的。好了，就這樣吧。」他大笑著壓斷了電話。

我心裏有些疑惑，不過還是很高興的，因為我知道，他只要說出這樣的話來，就一定是已經做好了什麼。

陳圓也下樓了，她身旁是駕駛員小李。小李手上拖著的是那只大大的皮箱。

「車在社區外面。這兩天社區在修路，開不進來。」小李對我說。

我點頭，「走吧。」

出了社區後就看見了那輛車。其實也不是真正的越野車，只是比普通轎車大一些、高一些罷了。白色的，看上去還不錯。

小李把皮箱放在後車廂裏面，我讓陳圓坐到了後座上，我去到了副駕駛的位置。

「陳圓，你在後面可以躺下休息。我坐前面感受一下這車怎麼樣。」

「我睡不著的。不是兩個多小時就到了嗎？」她笑著說。

「兩個小時肯定不行，因為這是新車，需要磨合的，高速路最多跑到一百。」小李說。

我仔細打量這車，發現確實不錯，處處都很精緻，不禁感歎：錢這東西就是好啊，只有它才可以換來好東西。

三個小時後，我們到了江北省的省城。我發現這座城市與我們江南省的省城不大一樣。因為這裏有著平原的風格，城市街道寬闊，紅綠燈極多。車流如潮，摩托車和自行車也很多，顯得有些雜亂。與我們江南省比起來，我覺得自己的家鄉更漂亮一些，因為這裏沒有那麼多的高樓，而且，因為太平，所以就沒有了江南省城的那種動感與活潑。而且，我可以從車窗外面的行人中看出他們的慵懶。在我們江南省，路上的行人都是急匆匆的腳步，讓人完全可以感覺到現代社會的節拍。

我轉身去看陳圓，發現她神情激動，雙眼一直在看著車窗外面。

「是不是有一種重歸故里的感覺？」我問她道。

「是啊，我覺得這裏好親切。」她說，隨即朝我嫣然一笑，「哥，你以前來過這裏沒有？」

「沒有，我覺得滿眼一片茫然。」我笑著說。

「現在我才明白了，其實我喜歡的還是這座城市。這裏的人太休閒了，適合居家。」她說。

「江南不好嗎？」我隨口問道。

「也好，那裏有你。」她說。

我即刻去看了小李一眼，發現他神色木然，正在專心致志地開車。

「小李，你知道孤兒院在哪裏嗎？」

「大概知道，來的時候我研究了地圖的。」他回答說。

「我說呢，我還正奇怪呢，你開的路線很正確。」陳圓在後面說道。

一到這裏後，陳圓的話就開始多了起來，她不住向我介紹每一條街道的名字，其中有什麼特色等等。

半小時後，就到達了我們的目的地。

我的眼前是一處像教堂一樣的建築，黑磚灰瓦，看上去很陳舊。它的四周都是漂亮的新式建築，它的陳舊與四周的嶄新形成了鮮明的對比。不過，也正因為如此，它才顯得有些古樸與幽靜。

更難得的是，它的裏面那兩株黃桷樹，看上去至少有百年的歷史，樹幹粗壯，樹冠覆蓋著這棟建築的整個前院。

小李將車停在了前院。我下車，隨即去替陳圓打開了車門。

「哥，我覺得腿有些軟，你扶我一下。」她羞澀地對我說。

我頓時笑了起來，「用不著這麼激動吧？」

「哥，你不知道的，最近我經常夢見這個地方，想不到竟然真的回來了。」她低聲地對我說，下車後站在前院裏面，仰頭去看黃桷樹的樹冠，深深地呼吸了幾下，「就是這個味道，我在夢裏也聞到了的。」

我不禁覺得好笑，「陳圓，你怎麼啦？年紀輕輕的就變得懷舊起來了？」

「我也不知道啊，可能是懷了孩子的緣故吧，最近總是會想到自己小時候的事情。」她笑著說。

「走吧，我們進去。你把錢帶上。」我對她說道，隨即吩咐小李在車上等候我們。

她挽住我的胳膊，我們兩人朝裏面走去。

剛剛進到建築裏面，她就站住了，「吳老師……」

我這才發現，就在我們前面不遠處，有一位中年婦女正迎面朝我們走來。

陳圓激動地在呼喊她。

她來到了我們面前，詫異地看著陳圓，「你是……」

「吳老師，我是陳圓啊。您不記得我了？」陳圓竟然開始在流淚。

她頓時想起來了，「啊，陳圓啊。你現在什麼地方上班啊？這是你先生吧？呵呵！蠻帥的。」

「最近有人回來嗎？我們那時候的那些人。」陳圓問道。

「有啊。陳圓，我帶你去劉院長那裏去。」吳老師也開始激動起來。

劉院長是一位白髮蒼蒼的老太太，看上去很慈祥，很精神。她的模樣讓我不由得想起一個人來——歐陽童的奶奶。我發現，女性在老年的時候模樣都差不多，特別是頭髮全部變成了白色以後。

陳圓見到她之後，即刻有些局促起來，幾次張嘴都沒有說出話。

劉院長慈祥地問陳圓現在的情況，當她得知陳圓現在孤兒院工作後，竟然激動了起來，「陳圓，我記得你以前很少說話，想不到從這裏出去了那麼多人，唯有你在繼續我們的事業。」

老太太說出的話像領導似的。

她們一直在說話，我站在旁邊有些尷尬。

吳老師注意到了我的這種情況，隨即來問我道：「你也在那家孤兒院工作？」

我搖頭，「我是醫生。」

劉院長的注意力頓時來到了我的身上，「醫生好啊，你是哪個科的醫生啊？」

我回答道：「婦產科。」

她和吳老師都瞠目結舌地看著我。

陳圓滿臉緋紅，急忙拿出那只裝著十萬塊錢的口袋放到了桌上，「劉院長，這是我們的一點心意。」

劉院長打開口袋朝裏面看了看，隨即來看著我說道：「謝謝！謝謝你們。婦產科好，婦產科好！」

很明顯，她認為這筆錢是我拿出來的。

我只好朝著她微笑。

陳圓拉著我就往外面跑。

「幹嗎跑啊？她們總得給我們一張收據什麼的吧？」上車後，我問陳圓道。

「哥，我覺得自己不該回來。」她卻歎息著說，而且即刻吩咐小李開車。

「為什麼？」我很詫異。

「我也不知道。」她幽幽地道，「在我的記憶中，自己的童年應該很溫馨，也很幸福的。因為當時我什麼都還不知道。但是今天到了這裏後，我感覺好冷清，而且冷清得讓人感到害怕。還有吳老師和劉院長她們，她們怎麼都變得那麼老了？」

我笑道：「你都馬上要當媽媽了，她們怎麼不會變老？」

「要是我一直不長大多好啊。」她說，眼角掉下了眼淚。

我不知道她為什麼會變得如此傷感，也不知道她為什麼會忽然從那裏逃跑。更奇怪的是，接下來，她對小李說了一句話：「你回去吧，把車開回去，把那皮箱也帶回去。」

小李看著我，我也覺得莫名其妙，「陳圓，你怎麼了？」

「哥，我們今天晚上去海南吧，我覺得這裏好冷。」她忽然地說道。

小李開車送我們到了機場。

上飛機後，陳圓對我說了一句話，我這才明白她為什麼會忽然有了那樣的反應。她對我說，「哥，我覺得好害怕。因為我總覺得她不是我媽媽。」

她的話讓我震撼了一下，「陳圓，你怎麼了？你為什麼會有這樣的想法呢？」

她搖頭道：「我也不知道。我很小的時候就會夢見自己的媽媽，但是我夢中的媽媽不是她那個樣子的。這次回來，我本來準備仔細問問劉院長，是不是還有我父母的什麼資訊，但是我忽然害怕了。」

我頓時笑了起來，「你別胡思亂想了。你從小沒見過自己的父母，所以，你在夢中見到的他們，完全是一種想像罷了。我可以肯定，你夢中的他們一定很完美，是不是這樣？」

她點頭，「是的。」

「陳圓，你媽媽當年拋棄了你，她也是沒辦法。現在好不容易找到了她，這是上蒼給你的幸運啊。我知道，你現在還不認同她，那是因為你從心底裏恨她。不管怎麼說，她還是你的母親。你也是馬上就要當媽媽的人了，應該很快就能體會到一個母親對孩子的那種感情了。」我柔聲地勸慰她道。

她不語，一會兒後才對我說道：「哥，你覺得我是不是太任性了？」

我笑道：「你這還不叫任性。現在不是挺好嗎？就我們兩個人，我們到海南好好玩幾天。說實話，小李和我們在一起，我也覺得很彆扭。」

她挽住了我的胳膊，「哥，你真好。」

我心中的柔情驟然升起，「陳圓，是我不好，早就應該陪你出來走走了。」

「現在不是正好嗎？我高興了，肚子裏面的孩子就高興了，他就會健康地生長，今後一定是聰明的乖寶寶。」她說，隨即又問我道：「哥，我懷了孩子，可以下海游泳嗎？」

「當然可以。只要海水不髒就可以。國外還提倡在孕婦海水裏面分娩呢。你知道這是為什麼嗎？」我笑著說。

「為什麼？」她問，臉上帶著幸福的笑容。

「有人說，人類的祖先是從大海裏面來到陸地的，你看，我們身體裏面的汗液就是鹹的。不過，這種說法沒有得到證實。但是在海水裏面分娩，至少有幾種好處，一是可以使孕婦身體的肌肉得到放鬆，會分泌更多的嗎啡類物質，從而降低分娩的痛苦，可以使孕婦放鬆精神，體位自由不受限制。此外，還有利於子宮頸擴張，產後出血少，促進子宮收縮，可以使孩子儘快生下來。除了這些之外，在海水中生產的孩子不容易發生呼吸窘迫，產婦的恢復也比較快。」我笑著說道。

「沿海醫院的婦產科怎麼不採用這樣的方式呢？」她問道。

「因為這樣的方式還是有著很多風險的，一是產婦和孩子容易被感染，二是操作起來比較困難。此外，很多孕婦不適合這樣的生產方式，比如胎位異常，產婦有併發症等等。其實說到底就是風險，醫院是不會輕易擴大自己的風險的。孕婦也不願意那樣。」我說。

「哦，這樣啊。確實是啊，如果是我的話也不會同意的，我肯定會選擇最好、最安全的生產方式。」她說。

「是，母嬰安全才是第一位的。」我點頭。

「哥，為什麼現在那麼多人選擇剖腹產啊？」她又問道。

我頓時笑了起來，「陳圓，在家裏的時候，你怎麼從來不問我問題啊？今天忽然都想起來了？」

「以前孩子還小，總覺得距離生產還早。現在一天天臨近了，當然就想起問你了。」她說。

「其實最好還是選擇自然生產，因為自然生產的時候，孕婦的規律宮縮是對胎兒身體的按摩，對日後孩子感官系統的發育有益。通過產道的擠壓，能夠使胎兒把吸入肺裏的羊水吐出來，減少胎兒娩出後窒息發生的危險，而且，母體的恢復也要快一些。說到底，自然分娩是人類最自然的分娩方式，對人體造成的不良影響最小。

「不過，有人錯誤地認為，剖腹產的孩子要聰明一些，還有的因為怕痛，所以才選擇了剖腹產手術。其實，剖腹產的孩子與自然分娩的孩子在智力上並無差異，反而剖腹產的孩子的適應能力要比自然分娩的孩子差些，因為孩子在經過產道的過程中可以獲得一部分抗體的。當然，剖腹產手術還是有好處的，其一就是可以減輕孕婦的痛苦，其二就是對夫妻今後的性生活沒有多大的影響，而通過產道自然生產後，往往會造成女性陰道的鬆弛。現在，很多夫妻都是因為這個問題而導致了離婚。」我以完全的專業口吻對她進行了解答。

「哥，那你覺得，我今後應該採用哪種方式呢？」她問我道。

「根據情況看吧。反正我是婦產科醫生，肯定會替你選擇一種最好的方式。其實啊，有時生產方式是由不得自己選擇的，比如出現了羊水提前破裂的情況等。所以，只能根據今後的具體情況看。如果一切正常的話，我還是主張自然生產的。」我回答說。

她的唇來到了我的耳畔，「哥，你不擔心今後我們倆那樣不舒服啊？」

我想不到她竟然會問我這樣一個問題，因為在我的印象中，她一直都是害羞的。

「哥，我懷孕了，我們還可以做那件事情嗎？我擔心你這麼長時間不做，會受不了。」她隨即低聲問我道。

我詫異地看著她，發現她的臉更紅了。

「哥，你別這樣看著我。莊晴姐不在了，你怎麼辦啊？」她的聲音越來越小了。

「可以忍受的。」我回答，心裏慚愧不已。

「你還沒有回答我呢，我懷孕了，可以和你做那件事情嗎？」她卻再次問我道。

「最好不要。」我回答說，「不過一般來講，在懷孕的前三個月和最後三個月是不可以的。在中間的幾個月應該可以。前三個月受早孕反應的影響，大多數孕婦的性欲和性反應在不同程度上受到抑制，加上這時胎盤沒有完全發育成熟，容易流產，所以，懷孕頭三個月是不穩定期，夫妻是不宜過性生活的。

「但到懷孕穩定期時，孕婦的早孕反應已經消失，分泌物也增多，此時性生活是完全可行的。不過，妊娠七個月後，就必須禁止同房了。此時胎兒生長迅速，子宮增大，性生活容易引起孕婦早期破水，導致早產和造成宮內感染，甚至引起產後感染等嚴重後果。陳圓，我們還是不要那樣的好，畢竟孩子的健康是第一位的，你說是嗎？」

「嗯。其實我也擔心，擔心我們的孩子會……變成流氓呢。」她低聲地道，隨即輕笑。

我頓時愕然，苦笑道：「哪裏有這樣的說法？」

她也笑，「我是想像的，很難說呢。」

我發現她今天的話特別多，而且很活潑，大概是因為和我單獨出來，所以很興奮。

第七章

斑駁光影中的舞姿

陽光灑落下來，經過它們過濾就變成一片斑駁的樹影。
一陣風吹過，那片斑駁就開始變得活躍、靈動起來。
剛開始看見那片斑駁的時候，我不禁感到一陣眩暈，
同時，陳圓丟開了我的胳膊，歡快地朝我前方跑了過去。
我詫異地看著她，頓時呆住了，
因為我看見眼前的她正在那片斑駁中翩翩起舞。

飛機在海口機場降落，隨後我們搭車去到一家五星級酒店。

剛剛打開手機就發現了林易的簡訊：到了給我回電話。

開好了房間，趁陳圓去洗澡的時候，我開始給林易撥打。

「你們搞什麼名堂啊？怎麼忽然想起去海南了？小楠懷有身孕，你把行程安排得太緊了不好。」他問我道，同時有責備我的意思。

「難得她高興。」我回答，當然不會告訴他陳圓的那個猜測。

「今天我們去了那家孤兒院，結果她很傷感，所以就臨時決定到海南來了。這邊很暖和。我們準備在這裏多玩幾天，然後去黃山。你放心吧，不會把她累著的。」

「她高興嗎？」他問道，「她媽媽想和她說幾句話。」

「她很高興啊，現在洗澡呢，一會兒我讓她打給施阿姨吧。對了，我們還沒吃晚餐呢，一會兒我帶她去吃海鮮。」我說。

「哦，那算了，免得她覺得我們太嘮叨了。好吧，你們好好玩。」他說，隨即掛斷了電話。

我正準備問他關於莊晴的事情，但是他卻已經掛斷了電話。

我轉念一想，現在這種情況下，問他莊晴的事情也不大好。陳圓再怎麼說也是他老婆的女兒啊。

「你也去洗洗吧，哎呀，早知道我該帶幾條裙子出來。」陳圓洗完澡出來對我說道。

「我餓了，先去吃飯吧，然後我們去逛逛商場，買幾條裙子就是。這地方，只要有錢，哪樣東西買不到啊？」我笑道。

「先去逛商場吧。」她說。

「你還不餓？」我詫異地問她道。

「早就餓了。不過，我覺得買裙子更重要。」她笑道。

我苦笑，「你們女人啊，穿衣服比吃飯更重要。對了，我在上樓前看到酒店裏面有賣衣服的。我們現在就去看看吧，然後，你也好回來把衣服換了，我們再去吃飯。」

「那快點啊。」她說。

隨即，我們出了門，乘電梯到了酒店的大堂裏面。

大堂的一角就有一個小型的商場。當然有裙子，男人的衣服也有，不過價格有些昂貴。

「怎麼這麼貴？」陳圓低聲地問我道。

說。

「這是五星級酒店，而且你看，都是品牌貨呢。別管價格，你喜歡就行。」我

她開始去選衣服，去到的卻是男裝區。

「你選你自己的吧，我的我自己看。」我說，「別磨蹭了，我可餓壞了。」

她這才到了女裝區。

我很快就選好了自己的衣服。兩件花格子短袖襯衣，一條短褲。隨即看見她還在那裏一件件看衣服，於是我又去挑選了一副墨鏡。

她卻還在那裏慢慢地選。

我走了過去，「隨便買兩件吧，寬鬆一些的就行。」

「人家要照相，今後讓孩子看看我生他前的樣子。如果我今後變醜了，也好責怪他啊。」她笑道。

我頓時笑了起來，覺得她的想法很好玩。

結果，她選擇了半天只買了兩件連衣裙，一條淡黃色的，一條白色的。她皮膚很好，我估計她穿上肯定很漂亮。

用銀行卡付了款，然後我們回到房間換衣服。

我穿上短褲和花格短袖襯衫，陳圓在洗漱間裏面換衣服。她出來後看著我大

笑，「哥，你好像壞人啊。像電影裏面那些喜歡打人的壞人。」

「是嗎？」我也笑，「不對吧？應該像港商。」

「還別說，真像港商。」她笑道，「不過，白天穿短褲的港商好像不多吧？」

「那就像壞人好了。我們在這裏人生地不熟，免得被別人欺負。」我笑著說。

然而，讓我想不到的是，我的這句話卻讓她頓時緊張起來，「哥，這裏的壞人多嗎？」

忽然想起她曾經受到過的傷害，我急忙地道：「這裏是海南的省會城市，壞人很少的。」

她臉上緊張的神情鬆弛了下來，隨即笑問我道：「哥，你還沒評論我身上的衣服呢。」

那條淡黃色的連衣裙穿在她身上當然很好看，唯一的不足是，她的腹部已經微微地隆起。「嗯，不錯。你皮膚好，適合穿這樣顏色的。」

她很高興，隨即過來挽住了我的胳膊，「哥，我們走吧，我可餓壞了。」

海口的夜晚涼爽宜人，我們乘坐的計程車行駛在夜色斑斕的城市之中。

我有些感慨，「陳圓，你說多麼奇妙啊，我們今天上午還在寒冷的江南，下午就到了同樣氣溫的江北，而現在，我們卻穿著夏天的衣服行駛在海口的馬路上面，真有一種做夢的感覺。」

「是啊，要是我們在這裏有一套房子就好了。夏天的時候我們在江南生活，冬天就來這裏，多好啊。」她笑著說。

「除非我們都不上班。但是那樣的生活就沒有趣味了。人生活在這個世界上還是要做點事情的，我們是社會動物啊。當然了，如果今後我們退休了，就可以過你說的那樣的生活了，不過應該是夏天去哈爾濱住，冬天到這裏來。」我笑著說。

「還不如冬天去非洲，夏天去冰島。」她也笑道。

我大笑，隨後道：「那樣其實也不好。我覺得一個人還是要隨自然的變化而生活才最好，一年四季的氣候不同，我們也應該適應各種氣候，不然的話，我們的身體會很快失去調節能力了。」

「哥，你說什麼都有道理。」她笑了。

計程車司機詫異地來看我們，很明顯，他是因為陳圓對我的稱呼而感到吃驚。

按照我的吩咐，計程車在一處海鮮大酒樓下面停下。我不想帶陳圓去吃大排檔，因為我擔心她吃壞了肚子。

酒樓的生意很不錯，現在已經是晚上九點過，但這裏吃飯的人依然還很多。我們坐下後，服務員馬上過來了。她身著紅花旗袍，露出修長白皙的大腿，模樣俏麗，臉帶微笑，款款動人。

我看了後，竟然有些魂不守舍。

她把菜單遞給了我，我隨即交給了陳圓，「你隨便點吧。喜歡什麼就點什麼。」

「我也不知道點什麼啊。」陳圓說。

「那麻煩你給我們介紹一下吧，就我們兩個人吃。」我隨即對服務員道，不敢去看她的臉，但眼裏卻裝滿了她白皙的腿。

我不禁燥熱起來。我發現，溫暖的氣候真的很容易讓人產生浮想。

「先生，你們兩個人的話，我建議你們來一隻龍蝦，蒜茸蒸也可以，刺身也行。龍蝦的頭和尾還可以熬粥。然後，再來兩隻大閘蟹，再配上其他幾樣小海鮮就行了。對了，最好來一個龍虎湯！太太是不是懷孕了？龍虎湯最適合她喝的。」服務員說。

「龍虎湯是什麼？」我詫異地問。

「就是眼鏡蛇和貓肉一起熬的湯啊。蛇代表的是龍，貓代表的是虎。很鮮的。」她說。

「不！我絕不吃那樣的東西！」陳圓卻頓時驚叫了起來。

我也覺得把貓肉用來熬湯太過匪夷所思，「貓肉我們不吃的，貓那麼可愛，不過蛇倒是可以考慮，因為牠是清熱的，對孕婦很有好處。陳圓，你覺得呢？」

「蛇啊，也好可怕啊。」她猶豫地道。

「我們殺好了，將蛇肉剖成蛇片，不是一整條的樣子。那這樣吧，用蛇與冬瓜一起熬湯可以嗎？」服務員道。

我去看陳圓，她點頭道：「為了孩子，我吃。」

服務員離開了，我不敢去看她的背影，因為她的腿太具有誘惑力了。

然而，陳圓卻早已經發現了我的異常，她笑著對我說道：「哥，你看你，憋久了吧？你還是婦產科醫生呢，怎麼看那女人看得眼睛都直了？」

「別胡說。」我尷尬地道。

她輕笑了幾聲，隨後道：「哥，這裏的人怎麼那麼殘忍啊？連貓肉都要吃。」

我當然知道她這是為了不讓我再尷尬下去，所以才轉換了話題，於是笑著道：「沿海的人，特別是廣東人，哪樣不敢吃啊？吃貓肉還不算什麼，還有更過分的呢。」

「啊？難道還有比吃貓肉更殘忍的？」她詫異地道。

我搖頭道：「算了，我還是不說了，免得你一會兒吃不下東西。」

「不會吧？我很好奇啊。哥，你說說吧。」她來搖動我的胳膊。

我想了想，忍住噁心說了起來。

「一是脆鵝腸。這道菜要選取肥美的活鵝，拿小刀沿著鵝的肛門劃一圈，再從鵝的肛門內把牠的腸子用力向外拔出，這樣就可以取到最新鮮的鵝腸了。」

「啊?!太殘忍了。還有呢？」她頓時哆嗦了一下。

我又道：「還有就是醉蝦。顧名思義，就是把活蝦放入酒中，沒一會兒蝦就醉了。食用者既可以嘗到蝦的鮮香，同時也可以嘗到酒的洌香。」

「這樣的菜我見過，還算好吧。」她頓時鬆了一口氣。

「還有就是澆驢肉。將活驢固定好，旁邊有燒沸的老湯。食用者指定要吃某一部分，廚師就剝下那一塊的驢皮，露出鮮肉。然後用木勺舀沸湯澆那塊肉，等澆得肉熟了，就割下來，裝盤上桌。」我說著，連自己都打了一個寒戰。

陳圓的聲音都在顫抖了，「哥……」

「吃那樣菜的人實在很殘忍。其實，人才是這個世界上最兇殘的動物。」我歎息道。

「還有比這些更殘忍的？」她的聲音依然在顫抖。

我點頭，「算了，不說了，我都感到噁心了。」

「我也不想聽了，太可怕了。」她說。

人類的殘忍有時確實很可怕。且不說戰爭、殺戮，就是吃東西都那麼殘忍。我沒敢告訴陳圓「活吃猴腦」時候的「三吱兒」，更不敢告訴她「炭烤乳羊」的做法——將即將臨盆的母羊投入炭火中燒烤，當炭火將母羊全身烤熟之後開膛破腹才把乳羊取出。據說這時候的乳羊皮酥肉嫩，味道鮮美。

至於現在某些地方吃胎兒湯的事情，就更過分了。

由此，我不由得想起了老胡還有鍾小紅來。

我在想一個問題：他們知道他們賣出去的那些胎兒的真正用途嗎？

「哥，別說了。再說的話我可要吐了啊。」她皺眉道。

「好，我不說了。我來說幾樣美食吧。不然的話，一會兒你可真就吃不下東西了。」我也鬆了口氣，笑道。

「好啊，如果我真的吃不下東西的話，你可要負責。」她不滿地道。

我不敢再說雞鴨魚肉之類的東西了，「四川的麻婆豆腐很不錯的，用牛肉末、豆豉、青蒜苗調味，嫩豆腐加入辣椒、花椒等調料，配以肉湯，用小火煮製而成，麻辣爽口。還有我小時候吃過的油炸玉米團，甜甜的，很清香。還有成都的各種小吃，比如龍抄手、擔擔麵什麼的，都很不錯。

「哥，我開始流口水了啊。我們的菜怎麼還不來啊？餓死我了。」她大笑道。

我頓時欣慰，因為我前面的話並沒有影響到她的食欲。

也許是因為趙夢蕾的緣故，她的死亡讓我內心有了徹骨的痛，使得我想儘量對陳圓好一些。

菜上來了，可陳圓也沒能吃下多少東西，那缽蛇湯她幾乎沒喝，因為她吃第一口就差點吐了。

「算啦，別強迫你自己了。沒那麼多講究的，只要營養跟上就行。」我勸她道。

這頓飯我們花費了近兩千元，她心疼不已。

我不禁笑道：「你那兩件裙子就接近兩千呢，你怎麼不心疼？」

她頓時也笑了。

吃完飯後，我們沒有急著去搭車。她挽著我的胳膊徜徉在海口市的夜色之中。這裏的夜晚真的很美，而且氣溫適宜，更重要的是，我和她的心情都特別好。

一直到她感覺累了，我們才回到了酒店。

我去洗澡。

當熱水沖刷在我的身體上時，我忽然有了一種異樣的感受——我發現，自己現在才真正有了婚姻的感覺。雖然我有些不願意承認，但這卻是一種事實。

以前，我和趙夢蕾的婚姻是那麼的平淡，而且還因為不會有孩子而在心裏懷著一種失望。正因為如此，我才經常不回家，甚至在外邊鬼混。

但是，現在不一樣了。陳圓不但有著和趙夢蕾同樣的溫柔與美麗，而且，她還有了我們的孩子。

孩子……想到孩子，我的內心頓時溫暖、幸福起來。

雖然自己現在不願意去想趙夢蕾，但是，我心裏還是會突然湧出自責和內疚——馮笑，你真是太冷酷無情了，她因為你的背叛與冷漠而選擇了自殺，但是，你現在卻獨自在享受幸福和溫暖，你真是太無恥了。

我不由得又黯然了下來。

我不得不承認，或許常育的話是對的，趙夢蕾給我留下了永遠的傷痛，而這種傷痛，或許再也不能從我的心中抹去了。

「哥，你怎麼了，怎麼看上去不大高興的樣子？」從洗漱間出來後，陳圓詫異地問我道。

「沒事，我們早點睡吧。明天我們好好逛逛海口這座城市。」我說著，竭力讓自己的臉色變得正常起來。

可是，她卻誤解了我，「哥，你是不是很難受？你別著急啊……我馬上來。」

我哭笑不得，「什麼啊？你這壞丫頭，怎麼忽然變得壞起來了啊？」

她大笑，「我是你老婆呢，這樣的事情，怎麼能說是壞啊？」

一直以來，我都習慣了她的矜持與羞澀，最近兩天，她忽然在我面前顯得隨便起來了，這還真是讓我有些不習慣了。

我不由得想，以前莊晴在我面前那麼放蕩，我不但不反感反而很喜歡，為什麼陳圓稍顯隨意，我就會感到詫異呢？

說到底，還是我沒有完全接納她。

一是因為趙夢蕾自殺，讓我的內疚與痛苦一直纏繞在身邊，二是莊晴的離去讓我難以割捨，三是我和陳圓結婚以後，並沒有一次夫妻生活，所以，在我心裏，並沒完全將她當成自己的妻子。

正因為我和陳圓的這種差異——她進入了妻子的角色，而我卻沒有真正進入丈夫的角色裏面，所以，我才會對她的態度感到異常。

想到這裏，我心裏柔情頓起，即刻去將她擁入到懷裏，「陳圓，你說得對，我今後一定會好好愛你的。」

我的話發自內心，帶有激動和感動，充滿著柔情。

「哥……」她在我懷裏聲若蚊蠅，卻是在哭泣。

五星級酒店的房間就是不一樣，傢俱豪華精緻，睡在床上讓人感覺到一種爽利，也許是床單的用料不一樣的緣故。

現在江南已經進入到了冬季，我估計北方早已經是白雪皚皚，但是這裏卻有如春天。

躺在床上，我感到舒服而愜意。

陳圓在我懷裏。

「哥，你難受嗎？」她在輕聲地問我。

「什麼難受？」我正沉浸在溫馨的感受中，一時間沒有反應過來。

她輕笑著，雪白如玉的手已經到達了我的胯間，「這裏。」

她的手剛剛輕輕觸及我那個部位的時候，雖然隔著短褲，但那一瞬間，我驟然有了反應。它太敏感了。或許是因為她的溫柔與美麗，或許是當下的氣氛與環境，我情不自禁地呻吟了一聲。

她笑了，「哥，你是不是很想要了？」

「嗯……」我的聲音在顫抖，因為她的手已經伸進了我的短褲裏面，一陣酥麻的感覺頓時湧遍了我的全身。這種感覺奇妙無比，給人帶來的愉悅感受並不低於真實的性愛。

突然，她站立了起來，然後輕輕褪下了她的內褲……

現在，她美麗的臉就在我眼前，修長白皙的雙腿在我身體的兩側，還有她雪白如藕的雙臂正捧著我的臉……她朝我蹲了下去，我頓時被她的溫暖完全籠罩了……

第二天，我們在海口市玩了一天。因為我們對這地方都不熟悉，所以完全是漫無目的的遊玩。我覺得這樣很好，可以心無牽掛地幸福地在這座城市裏漫步。

這是我和她真正的二人世界。在這個地方，我和她都沒有熟人和朋友，而且早上離開酒店的時候，我特意將手機放在了房間裏，同時要求她也這樣。

她挽著我的胳膊，緩緩地在大街上行走。天上的雲層很低，紫外線特別強，我感覺到了自己皮膚表面的灼痛，於是儘量帶她朝陰暗處躲避。

她在我身旁，臉上綻放出的是真實而幸福的微笑。

「哥，你站在那裏別動。」陳圓忽然對我說了一句，然後丟開了我的胳膊，歡快地朝著我的前方跑去。

我詫異地看著她，片刻之後，我頓時迷醉了……

陽光從天空中灑落下來，幾朵淡淡的白雲顯示出了天空的低矮，而它的藍色讓人感到了一種無與倫比的純淨。人行道的兩旁大多是椰樹，而我們的這條小路兩側則是小葉榕，它們綠蔭蔽天。

陽光灑落下來後，經過它們的過濾就變成了一片斑駁的樹影。

一陣風吹過，那片斑駁就開始變得活躍、靈動起來。剛開始看見那片斑駁的時候，我不禁感到一陣眩暈，而就在這時候，陳圓卻丟開了我的胳膊，歡快地朝我前方跑了過去。我詫異地看著她，頓時呆住了，因為我看見眼前的她正在那片斑駁中翩翩起舞。

今天，她穿的是另外那件連衣裙，白色的，裙子的下擺很長，寬鬆的連衣裙完全遮蓋住了她微微隆起的腹部。她就在那裏飄然起舞，帶動裙擺的下方飄蕩，如同仙女般的輕盈、飄逸，若流水清泓，如白雲飄舞，纖腰靈動，回眸淺笑，斑駁的陽光如同夢幻般的燈光，伴隨著她的舞姿……我頓時迷醉了。

耳邊的掌聲猛然響起，清醒過來的我這才發現，自己的身側不知道什麼時候已經聚集了許多人，他們也被她美妙的舞姿吸引、感染了。

陳圓發覺了那些人的存在，便朝我飄然飛奔過來，說，「哥，快跑。」

我帶著她跑，但是不敢太快。

她氣喘吁吁，我趕快停住了腳步，「走，這裏有家咖啡店，我們進去喝點飲料。」我說，隨即拉著她朝裏面走去。

咖啡屋的落地玻璃旁邊，我和她相對而坐。

我看著她笑。

「哥，你幹嗎這樣看著我？」她嬌媚地問道。

「陳圓，想不到你的舞跳得那麼好，太美了。」我說，腦海裏面依然是她剛才飄然如畫的情景。

「哥，你別說了，人家怪不好意思的。」她的臉忽然變得緋紅。

我心裏很奇怪，「你在大街上跳舞都不覺得害羞，現在怎麼反而害羞了？」

「當時地上那片光影漂亮極了，而且周圍又沒人，所以就情不自禁跳了起來……」她嬌羞地道。

我搖頭，歎息了一聲後說道：「你剛才太美了。」

「哥，你是在說我嗎？」她勾著頭輕輕地笑。

「真的，你剛才太美了，我簡直不敢相信，在那裏翩翩起舞的是我老婆，簡直就像仙女一般美麗。」我說道，悠然神往，「陳圓，一會兒回到酒店後，你再跳一個舞讓我看看，好嗎？」

「只要你喜歡，我跳就是。」她說。

「當然喜歡。陳圓，你這條裙子也好看。」我說，「一會兒我們再去選些衣服，我喜歡看你穿得漂漂亮亮的。」

「不買了，東西多了不好帶。哥，你不是說了嗎，出來玩最好少帶東西。」她看著我，淺淺地笑。

「可以買個小箱子，或者扔掉了重新買。」我說。

「我可捨不得，多貴啊，還不如把那些錢拿去資助孤兒院的孩子們。」她搖頭道。

「陳圓，你太善良了，和她一樣。」我歎息。

「哥，你說的是趙姐吧？我可永遠記得她。」她的神情頓時黯然起來。

我發現自己又犯下了錯誤：在這樣的情況下不應該提及趙夢蕾的，但我卻偏偏說了出來，「走吧，我們繼續逛街去，你累了嗎？對了，今天中午你想吃什麼？」

「哥，趙姐是好人，我不相信她會殺人。」可是，她卻說了這樣一句話出來。

我歎息，「陳圓，你不瞭解她的過去，她做出那樣的事情來也是迫不得已。」

「反正，我不相信她會殺人。她的心腸那麼好，怎麼會去做那樣的事情呢？」她搖頭說。

「一個人在極度絕望的情況下，是可能做出超乎常規的事情來的。好了，我們不說這個了。你休息好了沒有？我們不要再說那些不愉快的事情了。走，我們繼續去逛逛。你看外面的天氣多好啊，空氣中有大海的味道。」我柔聲地對她說。

她頓時笑了起來，「哥，你說我們好笑不好笑？我們到了海邊了竟然不去看大海，而是在城市裏面逛蕩。」

「你以前看過大海嗎？」我笑著問她道。

她搖頭，「沒有，你呢？」

我也搖頭，「沒有。」隨即我笑道，「我們是夠好笑的，那麼，我們現在就去看大海吧。」

「還是到了三亞後再看吧，我想看到最漂亮的大海，免得在這裏看了失望。哥，我餓了，我們去吃東西吧。現在我總是覺得餓，肚子裏面的小寶寶太能吃了。」她說，臉上一片幸福的神色。

「哥，我肯定會長胖的。長胖會很醜的，你看，我臉上的斑都出來了。哥，我聽說生兒子的女人會變得很醜，如果我今後變醜了的話，你還會像現在這樣喜歡我嗎？」她隨即問我道。

「傻丫頭，我怎麼會不喜歡你呢？其實，我更希望你生女兒呢，她肯定會像你一樣的漂亮，然後你教她跳舞、彈鋼琴。等她長大了，長成了漂亮的大姑娘後，我們就一起上街，她一隻手挽著你，另一隻手挽著我，多好啊。」我說，頓時神往，「還有，我會給她買很多漂亮的衣服，把她打扮得像個小仙女一樣。」

「嗯。」她點頭說，「那我就讓她挽著你吧，讓你很自豪，很驕傲。我在一旁看著你們。嘻嘻！等她長大了，讓那些小男生都來求你把女兒嫁給他。可是你卻說，不行，必須給我買好酒來孝敬才可以！哈哈……」

我也笑，「我會是那樣的人嗎？只要我們的女兒喜歡就行，我是絕不會為難她的。」

她在搖頭，「哥，你可能沒那樣的機會了，因為我肚子裏面的孩子是男孩。他今後會長得像你一樣的帥氣，一樣的聰明。」

我看著她微笑，「我帥氣嗎？我聰明嗎？怎麼我自己沒有感覺到？」

她看著我笑，「哥，你真夠得意的。嘻嘻！走吧，我可不再表揚你了，我害怕你自戀了。」

我也笑，隨即站起身去叫服務員結賬。

她也站了起來，卻即刻又坐了下去。

「怎麼啦？」我關心地問她道。

「我感覺到腿好軟，頭也暈。」她說。

我急忙扶住她，「你慢慢站起來，是體位忽然改變了的緣故，還有就是……不行，我得馬上去買一個血壓計。」

「買血壓計幹什麼？」她詫異地問我道。

「懷孕很容易引起高血壓。你剛才不是感覺到頭暈嗎？我很擔心。」我說。

她緩緩地站了起來，「哥，其實我心裏一直很害怕，害怕生孩子。因為我擔心我們的孩子會不正常，還擔心他提前出來。」

「不會的。孩子現在很健康。每一個女人在第一次懷孕的時候都會有這樣的擔心，畢竟是第一次嘛。」我柔聲地勸慰她道，隨即問她：「怎麼樣？現在好了些嗎？腿還軟不軟？還頭暈嗎？」

她搖頭，「好點了。哥，我們回酒店吧，我不想逛街了。」

我點頭，「我們到酒店去吃飯吧，吃完了你也好休息一下。」

「你看，我們本來是出來玩的，結果卻成了你的累贅了。」她歉意地道。

「陳圓，你怎麼這樣說呢？應該是我陪你出來玩的。你懷有孩子，一切都要以你為主。別擔心了，孩子會沒事的，你也會沒事的。我是婦產科醫生呢。」我繼續柔聲地對她說，然後扶住她慢慢離開。

任何城市都一樣，幾乎每一條大街上面都會有一家藥店。我們所處的這條街道的藥店很大，它就在距離咖啡店不遠。大型藥店裏面是有血壓計賣的，這是最基本和最簡單的醫療器械。我買了一個血壓計，當然，同時還買了一個聽診器。聽診器不但可以聽胎音，還可以隨時檢查陳圓的心臟和肺部情況。

回到酒店後，我們直接去到中餐廳，趁上菜的空隙，我給她做了檢查。

血壓真的有些高。

「怎麼樣？」她問道。

「沒什麼。很正常。不過為了安全起見，我覺得你還是得用點藥物。」我說，不想告訴她真實的情況。因為我擔心她更加緊張。

吃完飯後，我送她回到房間，隨即出門去買藥。

我是婦產科醫生，對於她血壓不正常的情況並不感到擔憂，因為像她這樣的情況在孕婦中很普遍。但即使是這樣，我也覺得不能告訴她真實情況，因為她不是學醫的，而且她太在乎她肚子裏的孩子了。過於在乎，就會造成極度緊張，這對於懷孕期間的她以及今後的分娩都是很不利的。

當我買好藥回到房間時，發現她並沒有休息，她正半臥在床上看電視。

「我還以為你睡覺了呢。」我說。

「你不是說要看我跳舞的嗎？我在等你回來。」她笑著對我說道。

「傻丫頭，你是孕婦啊。跳舞也得在你感到舒服的時候啊。」我柔聲地對她說道。

「哥，你說出的話好難聽。孕婦。」她不滿地道。

我哭笑不得，「你本來就是孕婦嘛。」

她也笑，「其實你說得對，我就是一個孕婦。哥，剛才你不在的時候，我忽然想起一件事情來，我想再等兩個月後去照相，專門照我的大肚皮。等我們的孩子出生後、長大後，我就拿出那些大肚皮照片讓他看，對他說，兒子，你看看你在媽媽肚子裏面時候的樣子。多好玩啊。」

「這個主意不錯。」我說，「這件事情很簡單，到時候我去買一個好點的相機給你照就是。」

「哥，」她看著我笑，「我的意思是，去照相館照那種很漂亮的照片。我擔心你照不出那種效果。」

我覺得她的這個想法有些匪夷所思，「照相館的人會覺得你精神不正常的。」

她噘嘴道：「哥，明明是你思想封建。」

我頓時笑了起來，「我哪裏封建了?行，到時候我陪你去就是。」

「你不看我跳舞了？」她問道。

我搖頭，「你先休息吧，等你休息好了再說。」

「不，我現在就要給你跳。我沒事。」她說，隨即從床上爬了起來，「哥，你來躺在床上，慢慢看我跳舞。」

我不好拂她的意，即刻到了床上，將自己的背靠在床頭上，「我好了，你開始吧。」

她詫異地看著我，「你那麼緊張幹什麼?」

我笑道：「我擔心被你的舞蹈迷住了，如果我也起來和你一起跳舞的話，豈不成了仙女和大馬猴共舞了?會大煞風景的。」

她大笑，隨即在床頭外面的空地上起舞。

可是，她只跳了幾下就忽然停住了，隨後蹲在了地上。

我大驚，急忙從床上跳了下去，「陳圓，你怎麼了?」

「哈哈！」她竟然在笑，「哥，我不行了，這樣跳舞一點感覺都沒有，太難看了。」

我也笑，急忙扶起她來，「好吧，那你還是上床休息吧。」隨即扶著她上床。

她猛然地緊緊將我擁抱住，「哥，我好高興。」

「我也很高興的。」我柔聲地說，用手輕輕撫摸著她已經變短的秀髮，隨後去到她光潔如玉的臉上，「乖啊，睡覺吧。」

「你也睡。我想靠在你胸上睡覺。」她說，聲音像小孩子一樣充滿著依賴。

我在她身邊躺下，她即刻朝我依偎了過來。

我們相擁著入眠。

第八章

雜誌封面上的女郎

「哥，你看這是誰？」陳圓將雜誌的封面朝向我。
我朝那本雜誌的封面看去，頓時驚呆了。那是莊晴！
那本雜誌的封面上，是一位身穿一襲紅衣的女郎，
紅衣寬大，下擺隨意紮在腰上，下面是一雙修長漂亮的腿。
照片角度拿捏得很好，顯示出了她那雙腿最漂亮的姿態。

醒來的時候竟然已經是晚上了。我看到的是窗外的一片夜色。我發現自己的內心很寧靜，而正是因為這種寧靜，才使得我能夠暢快地睡眠。

我很久沒有過這樣的睡眠了。自從趙夢蕾自殺的事情發生後，我一直都難以入眠，即使睡著了也會做夢，夢見的全是趙夢蕾以前和我在一起的那些畫面，甚至有時候還會做噩夢，夢見她那張可怕的臉，還有伸在外面的舌頭。

而今天，我竟然沒有做夢，完全是自然醒來的。

陳圓依然在我胸前，她的呼吸均勻而悠長。我沒有動彈，因為我不想破壞她的美夢。就這樣，我靜靜地躺著，讓自己的呼吸與她一個頻率。

我輕輕地撫摸著她的秀髮，還有她柔嫩的臉龐。我喜歡這樣，因為我的手可以傳遞自己對她的愛意。

她的臉在微微地動，我去看，發現她在笑，「醒啦？」

我柔聲地問，但卻沒有聽到她的回應，我頓時明白了：原來她是在睡夢中笑，肯定是正在做美夢。

於是我也笑了，心中對她的憐愛更加濃烈，禁不住輕吻了一下她的臉龐。

她醒了。

我頓時後悔。

「哥，你什麼時候醒的？幾點鐘了？啊，天都黑了？今天睡得好舒服啊。哥，我做了個夢，你要不要聽我講？」她問我道。

「一定是做了個美夢。」我笑著說。

「你怎麼知道？」她詫異地問。

「我剛才看你在笑。」我說，「講來我聽聽，讓我也分享一下你的美夢。」

「我夢見我們的孩子了。他好漂亮，長得和你一模一樣。」她說。

我頓時笑了起來，「一個孩子長著一張我這樣的臉，還漂亮？」

「不是啊。孩子的臉粉嘟嘟的，眼睛鼻子長得像你。明白了吧？真的好漂亮。他的手胖胖的，來摸我的臉，然後又親我。可是，我忽然發現孩子的屁股上竟然長了個尾巴，頓時就被嚇醒了。」她又說道。

我一怔，隨即猛然大笑了起來，「哪裏是孩子在親你，明明是我在親你嘛。」

「啊？」她側頭來看我，「哥，那你說，我做的這個夢是怎麼回事？我們的孩子真的會長尾巴嗎？」

「這個夢反應的其實是你的潛意識。」我說。我學過部分心理學，對夢也有過一些研究，於是就把她這個夢的含義告訴了她，「你夢見我們的孩子長得像我，說明你覺得要一個女兒好，因為一般來講，女兒長得像父親。但是你最後卻夢見孩子長了尾巴，尾巴代表什麼？你應該明白吧？這說明你的潛意識裏，還是最希望要男孩。所以你現在很矛盾呢。」

她歎息，「我肚子裏面要是龍鳳胎的話，該有多好啊。」

我大笑，「誰不希望自己能夠在不違背計劃生育的情況下，同時擁有兒子和女兒啊？這可是很多人的夢想呢。可是，又有幾個人能夠那樣幸運呢？」

「哥，今後我要給你生很多孩子，你願意嗎？」她說，聲音裏面充滿著幸福的色彩。

「陳圓，女人不是生育的機器，我並不希望你給我生太多孩子。而且，孩子不是我一個人的，是我們共同的，最多兩個吧，一兒一女。」我說。

這是我最真實的想法，因為我是婦產科醫生，我見到過女性太多的痛苦了，包括她們生孩子的過程。

雖然現在剖腹產手術已經普遍了，但是手術後的傷痛以及感染的危險，依然讓女性充滿著恐懼感。

「我願意，而且我也很喜歡孩子。」她說。

我心裏充滿著溫馨與幸福，腦子裏卻頓時又冒出一個念頭來：馮笑，你太自私了吧？難道你因此就認為與趙夢蕾的離婚是應該的？

看來，我是真的將要永遠處於自責與矛盾之中了。趙夢蕾，她讓我的內心永遠都不能得到安寧。

「哥，我餓了，又餓了。」陳圓在我耳畔說道。

她不可能知道我現在內心的那種矛盾，不過，她一定很奇怪我的這種沉默。所以，我說了句：「陳圓，你喜歡孩子的話，我們就多生幾個吧。你餓了是吧？其實我早就餓了。我們起床吧。」

我先下床，然後去洗漱。

回到床前，我發現她依然躺在床上，「怎麼？還想睡？快起來吧，別把瞌睡睡倒了，半夜睡不著就麻煩了。」

「不是的。哥，我覺得雙腿有些發麻。」她說。

我心裏頓時一緊，急忙去揭開她身上的床單，撩起她裙子的下擺，我發現她潔白如玉的雙腿顯得有些浮腫，於是用大拇指摁壓了一下，摁壓處頓時有一個小凹，一會兒才緩緩恢復原。

妊高症。我心裏判斷道。

「陳圓，我們明天回去吧。你得住院。」沉吟了片刻後，我對她說道。

「哥，我這是什麼問題？嚴重嗎？」她問道。

「也不嚴重。你有高血壓，因為懷孕引起的，需要住院治療，太勞累不行。今天白天你走路走得太多了，所以才會這樣。」我說。

「你讓我吃的藥就是治療我高血壓的吧？難怪你要去買血壓計呢。哥，原來你開始一直在瞞著我啊？哥，我不希望你瞞著我，有什麼事情就直接告訴我好了。我從小孤苦伶仃的，早已經習慣了忍受各種痛苦了，身體上的病痛對我來講不算什麼的。哥，你今後一定要把我的病情全部告訴我，好嗎？」她對我說，有一種責怪的意思。

我點頭，隨即去扶她起來，「起來活動一下，今天晚上我們還是在酒店裏吃飯吧，不要再出去了。明天我們回去。」

「不。」她搖頭，「我很想去三亞，去天涯海角。我想去那裏看大海，讓我們的孩子也聽到大海的聲音。還有，今天晚上我想吃點酸辣的東西，酒店裏面的東西不好吃，我們還是去外面吃飯吧，最好找一家川菜館。」

我想了想，覺得她的問題倒也不是很大，於是就同意了。

川菜館遍佈全國各地，據說只要有華人的地方就會有川菜館。雖然對這種說法我不是完全相信，但是我們出了酒店後，沒走多遠就真的發現了一家川菜館。

不過，這家小飯館的面積很小，裝修也很粗糙，唯一可取的是，這裏看上去倒還比較乾淨，桌面上的桌布給人一種清爽衛生的感覺。

我讓陳圓自己點菜，她一口氣點了四五個，都是酸辣或者麻辣的。我心裏很高興，因為她胃口好，就說明她的問題並不是很大。作為孕婦，吃得下、睡得著才是最重要的。

她吃了很多，比我吃下的東西要多一倍。

「哥，我是不是很能吃？幸好你不是窮光蛋，不然的話，你可養不起我。」結賬的時候她笑著對我說。

「你自己掙的錢比我還多呢。」我笑道。

「我都沒去上班了，哪裏還有錢啊？」她笑著說。

我搖頭，「你是誰啊？他們只可能多給你，不會少你一分錢的。你看這次送我們去江北的那輛車，好幾十萬，那是你的嫁妝呢。」

「明明是他們送給你這位乖女婿的。」她嘟著嘴說。

我大笑。

飯後，我和她在海口市的夜晚裏緩緩散步，我給她講了許多的笑話，她一直在笑。她的笑聲很動聽，我心裏充滿了幸福感。

回到酒店後，陳圓說：「哥，我累了，想睡覺了。」

「你睡吧，我看會兒電視。」我說。

其實我不是想看電視，而是在想明天的事情。

我在想，是不是應該到三亞去到一家醫院住下來，然後，一邊治療一邊遊玩。

一直到睡覺的時候，我才否決了自己的那個想法，因為我估計陳圓不會同意，而且，醫院也不會讓一個病人隨意進出病房的。

第二天一大早，我們在吃早餐時順便問了服務員如何去往三亞，服務員告訴我們說，可以坐大巴，也可以包車去。

「包車多少錢？」我問道。

「也就三百來塊吧。很便宜的。」服務員說。

「計程車呢？」我問道。

「我一個親戚有輛車，你們坐嗎？不過可能要貴點，因為他的車是帕薩特，得要五百塊才行。你們是有錢人，應該不會在乎這點錢吧？」

「我們哪裏是有錢人啊？靠上班掙工資的。行，五百就五百吧，麻煩你打電話讓你那親戚馬上過來吧。」我說。

我不想讓陳圓去坐大巴，因為我擔心萬一路上她出什麼情況就麻煩了，包車就可以隨時去往路上的任何一家醫院。

服務員的親戚很快就到了，車看上去還不錯。

從海口到三亞，我們只花了不到三個小時。

下車後我心有餘悸，因為他開車的速度太快了。

陳圓下車後臉色蒼白，讓我很是擔心，「陳圓，你不舒服嗎？要不我們去醫院？」

她搖頭，「我有些暈車。沒事，一會兒就好了。哥，我們先找個地方住下來，下午再去海邊吧。」

我頓時放下心來。隨即和她搭車去到了一家海邊的酒店。

酒店也是五星級的，看上去比海口那家漂亮多了，因為這裏多了一份空曠與綠意。此外，這裏還有清新無比的空氣。

酒店服務員的一句問話讓我驚喜萬分，「先生，你們要有露臺的房間嗎？價格雖然貴了些，但是可以看到大海。」

我毫不猶豫地決定要一個那樣的房間。

進去後，我們發現房間的露臺真的好大，露臺上有兩張籐椅，還有一個漂亮的茶几，茶几上面有一套漂亮的玻璃茶具。眼前是一片碧藍。

眼前的海上風平浪靜，微波不興，只有那幾乎是看不見的細浪，在溫柔地微微蕩漾，它們發出一種幾乎聽不清的絮語般的聲音，我就像置身在月色溶溶、柳絲拂拂的池塘旁邊，傾聽一支優美動人的小夜曲一樣。

這時候，我心裏就像一片透明的水晶，正在領略這充滿詩意的意境。

「哇！好漂亮！」陳圓歡呼了一聲，隨即就呆立在了那裏。

我發現她的雙眼裏面竟然充滿了淚花。

我也覺得眼前的風景確實很美，但還不至於震撼得像陳圓那樣。於是，我過去輕擁住她，「很漂亮是吧？」

「是啊，好美。我，我好喜歡。」她悠悠地道。

「那我們就坐在這裏看個夠吧。」我柔聲地對她說，「你先坐一會兒，我去打電話讓服務員送飯來，再泡好茶，然後，我們就坐在這裏，慢慢欣賞這美景。」

「不，我想去觸摸它。」她說。

「總得先吃東西吧？」我說。

「我們出去吃，到海邊去吃。」她說。

「海邊怎麼可能有吃的東西呢？這裏就差不多是海邊了。」我笑道。

「我們去問問吧。」她說，並沒有看我。

我第一次發現了她的倔強，「陳圓，不需要問的。你想，這麼美麗的大海，誰會在它的邊上開餐館呢？除非是那些漁村。你現在最重要的是要注意衛生，特別是吃東西。萬一要是吃壞了肚子可就麻煩了。」

「唉！」她歎息，「真遺憾。今後等我們的孩子長大了，一定要他補償我這次的遺憾。」

我頓時笑了起來，「不需要等孩子長大了才補償你，等生了孩子以後，我就可以再和你來這裏。到時候，我們去漁村裏面吃個夠。」

「這第一次的感覺可是不一樣的，今後再也不可能有這樣的感覺了！」她搖頭道，「哥，你剛才說的話可要記住啊，到時候，你真的要帶我來啊。」

「一定。」我笑著說。

可是，我萬萬也不會料到，這真的會成為她永久的遺憾。

我們找到了一家酒樓，靠近大海的酒樓。酒樓有著一個大大的露臺，我選擇了露臺外沿的一處座位。陽光和煦。

我讓陳圓點菜。

她笑著說：「你來吧，我今天只看海和吃東西。」

剛剛點好菜，酒樓的人就開始多了起來，露臺上的座位很快就坐滿了。

「幸好我們來得早。」我笑著對她說。

「所以，我的提議是正確的。」她笑道。

「所以，今後我要多聽你的建議。」我也笑。

菜很快就上來了，還有我要的一瓶紅酒。

我覺得今天不喝點酒好像差了點什麼似的，作為陳圓現在的情況來講，她唯一能夠喝的酒也就是紅酒了，少量的。

桌上的菜看上去很新鮮，香氣撲鼻。

我朝她舉杯，「陳圓，我希望你和孩子都好好的，也希望你永遠像今天這樣高興。」

「先生，太太，請問你們聽歌嗎？」我剛剛說完，就聽到一個聲音在我身旁響起，側臉去看，發現那是一個年齡二十來歲的女孩子，很清秀的模樣，身上背著一把吉他。

「好啊，多少錢聽一首？」陳圓高興地問道。

「十塊錢一首，你們聽嗎？」女孩子問道。我這才感覺到她的聲音很好聽。

「聽，你會唱什麼？」陳圓問道。

「我自己寫了一首歌，叫做《如果我去了三亞》。」她回答。

「真的是你自己寫的？」陳圓問道，很驚喜的樣子。

「嗯。」女孩說，「我唱給你們聽吧。」

吉他的彈奏聲即刻響起，聽上去還不錯。

女孩的歌聲並不是那麼的動聽，但是聲音很清純。

陳圓聽完後，喃喃地道：「你唱得太好了，如果用鋼琴伴奏的話，就更完美了。」

「是嗎？我回去試試。」女孩說。

「你回去試試吧，肯定更好聽。」陳圓說著，朝女孩遞過去一張一百元的鈔票。

「我找不回零錢啊，要不我再給你唱幾首吧。」女孩說。

陳圓笑道：「不用了，你忙去吧。」

女孩道了謝準備離開。

「你等等。」陳圓卻即刻叫住了她，「可以把你這本雜誌讓我看看嗎？」

我這才發現，那個女孩正從旁邊的一張凳子上拿起一本雜誌，很明顯，那本雜誌是她剛才放在那裏的。

「我剛剛在外面買的，你喜歡的話就送給你吧。」女孩笑著對陳圓說。

「哥，你看這是誰？」陳圓朝那女孩道謝後，將雜誌的封面朝向我。

我朝那本雜誌的封面看去，頓時驚呆了。那是莊晴！

那本雜誌的封面上，是一位身穿一襲紅衣的女郎，紅衣寬大，下擺隨意紮在腰上，下面是一雙修長漂亮的腿。

照片的角度拿捏得很好，顯示出了她那雙腿最漂亮的姿態。

剛才那位唱歌的女孩即刻轉過了身來，詫異地問我們道：「你們認識她？她好漂亮啊。特別是她的腿。我也是因為這個才買了這本雜誌的。」

「一個熟人。」我急忙地道，「我們買下你這本雜誌了，可以嗎？」

她笑道：「你們給的錢夠多的了。」隨即離開了。

「我以前怎麼沒有發現莊晴姐有這麼漂亮？」陳圓一直盯著雜誌的封面在看。

我笑了笑，頓時感慨萬千。忽然想起林易對我說過的那句話來，頓時明白了他當時告訴我那句話的意思。真快啊。我心裏想道，同時也在替莊晴感到高興。

「主要是化妝，還有拍攝的角度。」我注意到陳圓眼神中的隱憂，急忙地說道。

她搖頭，忽然抬起頭來問我道：「哥，你現在是不是後悔了？」

我心裏一驚，訕訕地道：「我後悔什麼啊？」

「你當初不應該同意她離開的。」她歎息道。

我搖頭，「陳圓，你別這樣說。現在想起來，我覺得自己當初好荒唐。莊晴離開江南，其實有一部分原因也是因為你。她知道我是不可能和她結婚的。現在，她能夠有這樣的發展，我心裏很是替她感到高興。她的自身條件很不錯，而且也很努力，我相信她會更加成功的。每個人都有自己的活法，莊晴的這一步看來是走對了。陳圓，你說是嗎？」

她點頭，「哥，我覺得今天是我這一生最幸福的一天了。哥，你馬上給她打個電話吧。」

「好。」我說，隨即拿出電話來。

電話通了，「馮笑，你和陳圓搞什麼名堂？怎麼兩個人都不開機？」莊晴的第一句話就開始責怪我。

「我們在海南旅遊呢。莊晴，祝賀你啊。我們在雜誌上看到你的照片了。」我急忙地道。

「你們已經看到了？太好了。不過這樣就不好玩了，我本來是想給你們一個驚喜的。」她歡快地說。

「剛剛看到的，已經驚喜了。」我笑道。

「漂亮吧？」她問。我腦海裏面頓時浮現出她得意的神情來，還有調皮的那種模樣。

「漂亮，相當不錯。還別說，那位攝影師很有水準。」我說。

「那天我不是告訴你了嗎，那也是無意中發現的。」她笑道，「你和陳圓在一起是吧，我和她說幾句。馮笑，你們真幸福，可惜我沒有這個命。」

我去看了陳圓一眼，發現她正在看著我，臉上帶著笑，「莊晴，有付出才會有收獲，這個道理你應該明白的是吧？現在，你已經走出了第一步，成功就距離你越來越近了。所以，我希望你再堅持一下。」

「馮笑，我今天好想喝酒，可惜沒人陪我。」她說，聲音忽然變得低聲了起來。

「現在還不到喝酒的時候呢。等你真正成功的那一天，我一定請你喝酒，陪你大醉。」我說，隨即又笑道：「只不過那時候你已經是明星了，說不定早把我給忘記了。」

「馮笑，你別在我面前說這樣的話好不好？我和你是什麼關係？你相當於是我的男人了。而且，這次我的照片上封面，也是林老闆花了幾十萬買下的版面。馮笑，你可能不知道那本雜誌的影響力吧？它可是很多白領女性最喜歡的讀物呢。這不？今天我就接了好幾個電話了，都是邀請我拍廣告的，只不過都是些小廣告罷了。」她說。

「要是能夠在電視上看到你拍的廣告就好了。」我說，「好了，你和陳圓說吧，還是她發現雜誌上的你呢。」

「行。」她說，「對了，馮笑，請你告訴林老闆，我很感激他，今後一定把他的投資還給他的。」

「人家不在乎那點錢。他還告訴我說，千萬不要讓你知道是他在幫助你呢。還說，你知道了會影響你的信心。」我告訴她說。

「我知道，他是看在你和陳圓的面上幫助我的，也是為了讓我不再糾纏你。陳圓畢竟是他的女兒。正因為如此，我才一定要還他這筆錢啊。好了，不和你說了，要是你現在北京就好了。你把電話給陳圓吧，我很想聽聽她的聲音。」她說。

我在心裏歎息，因為她似乎把一切都看得很清楚、很明白了。於是，我把電話遞給了陳圓。

「莊晴姐。」陳圓接過電話後就說，「祝賀你啊，我和哥都很替你感到高興呢。真想到北京來看你，但是我現在不大方便……哥說我有高血壓……嗯，我會注意的……過幾天就回去……這裏很暖和，像夏天一樣，風景好極了……等我生了孩子後再到北京去吧……」

從陳圓的話中，我大概可以猜出莊晴與她說話的內容，但是我感覺到，她們之間好像已經沒有從前的那種親密無間了，因為她們說話顯得有些客氣了。

我不想聽了，隨即站了起來，「我去方便一下。」

「哥，莊晴姐還要和你說話。」陳圓卻即刻叫住了我，我接過電話，一邊聽一邊朝酒樓的裏面走去。

「馮笑，陳圓的情況很嚴重，你是當醫生的，怎麼還那麼不注意？別在外面玩了，趕快回去吧。」莊晴對我說。

「沒那麼嚴重，妊高症的孕婦還少了？沒事。她喜歡在這裏玩，我就多陪她幾天吧。難得她高興。」我說。

「不怕一萬就怕萬一啊。我只是建議你，聽不聽隨你的便。好了，有人來找我了，下次再說吧。不過馮笑，你不要以為你是醫生就可以掉以輕心，我可是好意，你看著辦吧。」她說完後就掛斷了電話。

我頓時怔住了：她說得好像很對。

愣神了一會兒後，我給林易打了個電話。

「我們都一家人了，還那麼客氣幹啥？」他笑著說。

「莊晴不一樣的，所以我必須謝謝你。今後我會儘量把你花費的那筆錢還給你的，因為你對她沒有這種義務。」我說。

「我其實是在幫助你，難道你還不明白？」他說。

「我知道的。但是……」我心裏對他很感激，卻不知道該怎麼對他說了。

「我已經和一位知名導演說好了，過一段時間，準備讓她去出演一部電視劇的女一號。條件是要我贊助兩百萬。我沒有同意贊助的方式，但是我答應投資五百萬。這筆錢你願意出也可以，我用你的股份先行替你支付。」他說。

「好吧，既然是知名導演，我相信至少不會虧本的。這可是一舉兩得的事情。」我說，心想他這樣安排也很好，對於那個專案的股份來說，就當是我白撿來的一樣，所以我並不十分放在心上。不過，那畢竟是五百萬，投資的方式肯定比單純的贊助要好。

「你們在海南玩得還可以吧？」他問。

「還不錯。但是她有妊高症的跡象，我準備勸她儘快回來住院。但是又怕她不聽。」我說。

「那你可要注意了。我讓她媽媽給她打個電話吧。既然身體有問題，還是早點回來住院的好。對了，那位導演最近要到我們江南來，你們早些回來也好。」他說，「你一定要注意，有些事情不能太將就小楠了，你自己把握吧，就一個原則，必須保證母子平安。」

他說得當然有道理，不過我在聽了之後，頓感壓力巨大，覺得最好的辦法還是馬上回去，畢竟在醫院裏面才是最穩妥的。

回到餐桌處的時候，我發現陳圓正在剝白灼蝦，盤裏的那一斤蝦都被她吃得差不多了。

我頓時笑了起來，「怎麼只吃這一樣菜？」

「這蝦很新鮮，而且營養很好。」她回答說。

我坐了下來，想了想，然後試探著問她道：「陳圓，我們還是回去吧，下次再來好嗎？我很擔心你的身體，還有你肚子裏面的孩子。」

她的神情頓時黯然，「好吧，都怪我自己不爭氣。」

吃完飯後，我們去退了房，隨後，我們直接搭車去了三亞機場。

上飛機前我給林易打了一個電話，因此，我們到江南的時候，小李早已在機場等候我們了。

「林總讓我把你們直接接到他家裏去，晚上就在他家裏吃飯。」上車後，小李對我說。

我不置可否，陳圓卻嘀咕了一句：「我們還是先回去吧，然後我們再過去。」

「這樣也行。我們回去洗個澡，換了衣服再過去。」於是我說道。

「那我在你們樓下等。」小李說。

回到家後，陳圓對我說了一句：「哥，我一點不想去那裏。」

「為什麼？他們很關心你的。」我說。

「我總覺得彆扭。每次她都要問我很多問題，還不准我做這樣那樣的事情。」她說。

我頓時笑了起來，「你媽還不是因為關心你？她很擔心你啊，也許你覺得她囉唆，但她的這種囉唆也是一種愛的表現啊。」

她頓時不說話了。

保姆一直在那裏看著我們倆說話。

我隨後問她道：「你先生去看病了嗎？情況怎麼樣？」

「看了，是胃潰瘍。已經開了藥，他吃了兩天效果還不錯，已經回家去了。謝謝姑爺。」保姆回答說。

我點頭，「那就好。胃潰瘍可要早點治療才好。」

「就是，這下我可放心了。姑爺，我去給你做飯。」保姆說。

「不用了，晚上我們要去林老闆那裏吃飯。你自己吃吧。」我說，卻發現她看著我欲言又止。

「怎麼？你還有事情嗎？」我問她道。

「沒事。」她說，隨即轉身離開。

我估計她肯定有事情，但是現在我也懶得去理會她。

我很快就洗完了澡，換上了另外一套衣服，但是陳圓卻一直在那裏磨蹭。我看了看時間，不住地催促她。

她說：「別著急嘛，我們去早了還不是沒事情幹。到那裏就吃飯，吃完飯就回家，多好。」

「陳圓，你不要這樣好不好？你媽媽早已經後悔了，你這樣做，不是讓她更難受嗎？你馬上也是要當媽媽的人了，要學會包容。」我勸她道。

她不說話，拿了換洗的衣服朝洗漱間去了。

我在心裏歎息。

第九章

夢中出軌

一般夢是黑白的，但我剛才的夢卻是彩色的。
夢中的我看到的是莊晴身上那一襲鮮紅的長裙。
其實我知道，夢中的顏色與當時夢中的情緒有關。
如果出現顏色的夢，夢中的顏色也是特別的明亮鮮豔，
而且會很美。這說明我在夢中的情緒是特別好的。
我不禁汗顏，難道，我依然在期盼著出軌？
心裏依然對莊晴有著那樣的期盼？

林易的家住在城市的中心區域，獨棟別墅，很氣派，進去後卻發現裏面的裝修並不是我想像的那麼豪華，很簡約，不過看起來很舒服，因為他採用了大量的木質材料，有一種回歸自然的感覺。

「馮笑，來，我們去樓上坐坐，喝點茶。吃飯還有一會兒。小楠，你媽媽等了你好久了，你們兩個說說話吧。她在廚房裏面做菜，今天她可是親自下廚了。」林易看到我們頓時高興起來。

我去看了陳圓一眼，柔聲地對她說道：「去吧，和你媽媽好好說說話。」

她點頭，還有些扭捏的樣子。

我頓時笑了起來，隨即跟著林易上樓。

「這是我的書房。」進入到一個房間後，他對我說。

我發現他的這間書房很是與眾不同，因為裏面不但寬敞，而且還有一個大大的露臺。房間裏面是一大壁書架，書架上擺滿了各種書籍，書籍以管理類、小說為主，其他的還有哲學類、法律類的。

我粗略地看了一下，覺得起碼有數千冊之多。房間裏面還有一張木質書案，形態簡約大方，書案上面有一台電腦，除此之外別無其他。

讓我感到奇怪的是，房間的中央竟然還有一張躺椅，「這是什麼？」我問道。其實我問的是它怎麼會擺放在那個地方。

林易笑了笑，隨即去到書案處打開抽屜，隨即拿出一個遙控板摁了一下。我頓時明白了，原來在躺椅前方的牆壁上方有一個隱藏著的銀幕，他摁了那個遙控板後，那面銀幕就滑落了下來。原來那張躺椅是他看電影的地方。

「看書看累了，就看會兒電影什麼的，權當休息。我這人不大喜歡出去應酬，喜歡沒事的時候看看書。」他說。

「你這書房不錯，這可是很多人夢寐以求的書房啊。」我由衷地道。

「是啊，這間書房可是花費了我很多腦筋的。很多人認為，書房要搞得複雜一些，我不這樣認為。以前我沒念過多少書，文化知識匱乏，所以我更需要一個輕鬆安靜的環境看書。」他說，「來，我們去外面坐坐，喝點茶，看看外面的風景。」

我坐到了露臺上的一張籐椅裏，因為籐椅很寬大，坐上去感覺很舒服。林易開始泡茶。

「你真是懂得享受。你懂得怎麼樣才最舒服。很自然。」我笑著對他說。

「對呀，就是這個道理。就如同吃飯一樣，那些星級酒店裏面的飯菜其實並不好吃，反而是那些有特色的農家菜味道才最好。來，你嘗嘗這茶怎麼樣。」他笑道。

他在泡茶的時候我就已經聞到了一股異香了。我端起茶杯喝了一小口，味道好極了：一股特有的清香味道頓時充滿了我的整個口腔，餘味從鼻腔裏面出來，讓我的整個感官都充滿了茶的美妙氣息。

「太好了，很不錯。雖然我不會品茶，但我覺得這茶葉很不一般。」我說，發自肺腑。

「很多年來，我都在尋求一個能夠代表中國文化的東西，驀然回首，我覺得這杯中之物就是中國最好的物質文化遺產的詮釋啊。所以我一直覺得中國人很偉大，茶代表了節儉和道德。茶是很美的東西，會讓你健康快樂。我一直覺得中國人的生活當中，正是因為有了茶，才變得豐富多彩。」他笑道。

我點頭，「我很同意你所說的，懂茶的人一般都很淡定，也很有品味。可惜的是，現在的人都太浮躁了，哪裏還有多少人願意坐下來安靜地品茶啊？」

他點頭，「其實人生如茶，初入世道，創業的艱辛略帶苦澀；步入年長，守望著自己的一片家園，有著恬淡與適意，如茶道正酣；隨著軀體的衰老，茶意漸退，看待世間多少憂愁煩惱事，回歸了人性的自然與拙樸，消減了許多的欲望和雄心，真正懂得了生命的珍貴，把自己的身體看作世間最重要的東西，雖然最終也會如這茶葉一般，歸於大地和泥土。人生最寶貴的是友情，也許它很短暫，但是卻讓人難以忘懷，就如同這茶葉一樣，泡過幾次之後就淡味了，但是茶葉的餘味還在，仔細地品嘗仍然可以品味到它的芳香的。」

「想不到你竟然還有如此的感悟，在你面前，我倒是顯得像一個俗人了。不過，我倒是覺得，現在真正能夠靜下來品茶的無外乎是以下幾種人，一是有錢人，因為他們有閒心品茶，不需要為了生活去奔波，假如你讓菜市場那些賣菜的、工地上的工人也和你一樣品茶，是不可能的。第二種人是官員，級別很高的官員，因為他們不但有錢，而且還有權利，他們也是屬於清閒人一類的。還有就是賣茶葉的了，他們需要知道各種茶葉的味道。」我笑道。

他也笑，「有道理。不過有錢人和官員一樣，品茶品的其實是其中的韻味，有錢人把賺錢當成自己的事業，與那些當官的把爭取權力當成事業一樣，他們已經把自己那樣的事業當成了人生的樂趣了。

「試想，一個商人通過自己的運作獲取到了更多的金錢，一位官員通過自己努力獲取了更大的權力，其中的滋味肯定很讓人回味的。比如你，馮笑，假如你發明了一項關於婦產科方面的新治療方法，你體會到的愉悅感受絕不僅僅是結果。這其中的道理是一樣的。不過有一點是必需的，那就是一個人要先為人再經商，這就是商場上奉行的誠信規則。先為人後當官，這樣的人才會贏得人們的尊重。

「呵呵，我們說遠了，其實今天我想對你講的是人與人之間的友情，真正的友情應如同一壺好茶，經久彌香，回味無窮。這香奇妙，說不清道不明，只能用心感受，入此境堪稱知音。是知音不一定要長相隨，不必零距離，距離往往給友情帶來更多的新鮮空氣。這樣的友情才會持久，才不至於因為對方的小錯而斤斤計較。馮笑，我的意思你明白嗎？

「馮笑，其實你是知道的，我做的一切，都是為了我的江南集團。所以，在最開始的時候，我完全是出於利用你與常廳長的關係才和你結交的。但後來我們接觸多了，我發現你這個人真的很不錯，雖然有時候在女人面前意志薄弱了點，但是你的本質很好。你不但聰明，而且內心善良，所以，我很願意和你交朋友，而且也很珍惜這種友誼。現在，你和小楠結婚了，我們已經變成一家人了，但是我覺得，我們之間的友誼應該比親情更重要才是。也許你現在還不明白我的話，但是我相信，今後你會明白的。」此刻，他語氣真誠，神色嚴肅。

「我其實很理解你的。」我對林易說。

「那就好。」他笑道，「我再給你說說專案的事情。」

「嗯。」我本來很不想聽的，但畢竟是股東，不可能白白分紅，總得要出出主意、跑跑腿什麼的吧。

「現在專案已經在開始設計了，不過設計理念還沒有提出來。現在我很矛盾，不知道是大戶型多好呢，還是小戶型多好。所以，想聽聽你的意見。」他說。

我搖頭，「我不懂的。」

「你站在消費者的角度說說吧。」他笑著說，輕輕去喝了一口茶。

「中國人講究排場，愛慕虛榮，所以，總希望自己住的房子越寬越好。但是，高收入的人畢竟不多，現在，從地市縣到省城來工作安家的人越來越多了，中國人有喜歡買房子的傳統，人們總覺得房子被自己買下後，心裏才踏實，所以這部分人是一個潛力巨大的購房群體。

「然而，由於這部分人的收入有限，他們根本就買不起大面積的房子，所以，我覺得應該充分考慮這部分人的購房需求。還有就是，現在投資房產的人越來越多了，而小戶型往往是他們最好的選擇，因為對於初始涉足這一行的人來講資金很有限。因為這個專案處於黃金地段，所以我覺得，應該把大面積的房屋與小戶型放在一起。呵呵！我不懂啊，只是想當然而已。」我笑著說。

他在沉思，一會兒後才說道：「你說的很有道理，但是我們不可能那樣去做，如果按照你說的那樣，大戶型根本就賣不出去。小戶型的銷售也會出現困難的。」

我很詫異，「為什麼？」

「我們中國人有一種醜陋的思維方式，即使很多人自己不承認，但是大多數人的骨子裏面卻存在著同樣的想法，就是為富不仁。有錢的人從骨子裏面不願意與窮人住在一起。所以，我們在開發某個片區的時候要麼定位為高檔社區，要麼定位為普通商住用房。絕不會把這兩者結合起來的。你發現過沒有？即使住在同一個高檔社區的人，如果大多數人開的是賓士、寶馬，而你開的卻是帕薩特的話，你自己都會感到自卑的。

「這就是現實。不過有一點你說得很對，那個地方是黃金地段，所以只能按照高檔社區打造，這樣才可以獲得利潤，就如同打麻將一樣，如果你的這副牌本來是清一色，但是卻被幾張小牌攪和了，這多可惜？」他說。

聽他這麼一講，我這才真正發現自己完全是門外漢。看來，每一行都有自己的學問啊，我不得不服氣。

「你說的很有道理。我不是說了嘛，我真的不懂。」我笑著說，對自己的不懂很坦然。

他也笑了，「馮笑，這也是你的優點啊。在被別人指出自己的錯誤後一點也不羞惱，反而很坦然。這可是很多人都做不到的。你說得對，你真的很適合從事醫學類的工作，因為，只有善於接受他人意見與批評的人，才可能成為大家的。」

「你過獎了。我本來就不懂，有什麼值得惱羞的？」我笑著說。

「還有別的事情。」他接下來說道。

「莊晴的事情是吧？」我問道。

他點頭，「是的。我想了想，覺得還是以我的名義出面幫助她好一些。一方面我便於操作，而你根本不可能去替她做那些事情，因為你不熟悉那個行業；另外一方面，莊晴如果知道是我在幫她的話，她肯定會看在我的面上，不再和你有過多的交往。馮笑，可能你會認為我比較自私，但是，假如你處於我的位置上想，也會這樣做的。你說是不是？」

「你錯了。」我說，「你不瞭解莊晴的性格。其實她現在已經知道是你出面在幫她了。你想，她的照片出現在那樣一本全國知名的雜誌封面上，她會不去問是什麼原因嗎？她畢竟還是一位新人，而且在北京，她根本就沒有任何根基和背景。還有，她已經對我說了，今後她一定會把你投資的那筆錢還給你的。你想想，她這是為什麼？我覺得，她是不想欠你的人情。

「再有，從前人們常說紅顏禍水，其實這是對女人的一種偏見，是男人習慣性地把自己的錯誤和責任都推卸到女人身上罷了。拿我和莊晴的事情來講吧，其實最根本的原因是在我身上。今後，只要我堅持不再與她有關係了，豈不就什麼事都沒有了？

「你也是男人，在你們不知道陳圓是你們的女兒之前，我和你不是一起去過夜總會嗎？男人的心思你最明白，你在外面逢場作戲，但是你的心思不也依然在你妻子身上嗎？外面那麼多漂亮女人，如果你自己不亂了心智，哪個能壞了你的事情？

「所以，只要我們自己把握好自己，就啥事都沒有了。莊晴的事情還是以我的名義去幫她吧，不過，還是得由你出面才行。正如你所說的那樣，我對那一行真的不懂。或者暫時你先出面，然後我慢慢去接觸那個行業的人也行。」

他笑道：「一件簡單的事情，哪裏搞那麼複雜？影視行業你不熟悉，而且涉及投資的問題。你是當醫生的，哪裏有時間去理會那樣的事情啊？剛才我說漏了一點，我還準備給她找一位助理呢，今後她的很多事情，就由那位助理替她打理了。既然她說要還我的錢，也行啊，這樣的話，她就更需要一位懂行又懂得財務管理的人了。你說是不是？」

「助理是什麼？」我問道。

「就是經紀人。就是負責陪同藝人制定並完成他們每天的行程安排，要具體到藝人工作、生活等各方面的事情，並要隨時在他身邊進行貼身照顧等。」他回答。

聽他這麼一說，我才發現自己還真不適合去管莊晴的事了，因為我完全不懂。

「好吧，就按照你說的辦吧。不過，替她安排助理的事情，最好要得到她的同意才好。」

「那是當然。不過，這件事情得由你對她講才行，她聽你的。」他呵呵地笑。

「關鍵不是誰去對她講，得看你選的助理怎麼樣，她是不是看得上。莊晴這個人的脾氣有些特別，她有時候很強的，即使是我說了，她自己不滿意也不行的。」我說。

「那你先問問她有什麼要求吧，然後，我們按照她的要求找人不就可以了嗎？」他笑道。

我點頭。

這時候陳圓來了，「吃飯了。」

她的神情好像很高興的樣子，我心裏頓時也高興了起來。

依然是我和林易喝酒。但是今天不大一樣的是，施燕妮和陳圓竟然不住地在說話，兩個人很親熱的樣子。她們說的是孩子今後需要的東西，比如尿片用什麼好，孩子的衣服用什麼牌子等等。我發現，施燕妮好像蠻內行的。轉念一想，她畢竟是幾十歲的女人了，而且自己的女兒馬上要生孩子，她肯定會去瞭解一些這方面的東西的。

我和林易不再談工作上面的事情，只是隨便聊了聊這次出去的情況。

吃完飯後我就告辭了，「既然回來了，我明天還是去醫院看看。」

「你也太敬業了。行，畢竟你才當上副主任。」林易笑著說。

他說到我內心的想法了，於是我也笑了笑。

還是小李送我們。

上車後我問陳圓：「今天你們說了些什麼啊？感覺你和你媽很親密了啊。」

「回去後告訴你。」她說。

我頓時明白了，她是不想當著小李的面說這件事情。於是我淡淡地笑了笑，然後拿起電話給莊晴撥打。我覺得這樣的事情還是當著陳圓的面說最好。

其實很多事情都是這樣：越是想隱瞞什麼，反而會更加讓人懷疑，即使你心裏沒有鬼。很多夫妻之間的矛盾，往往都是這樣產生出來的。

電話通了。

「我和陳圓已經回到江南了，聽了你的勸告。」我笑著對她說。

「這樣就對了啊。」她說。

「我才和林老闆談了你的事情。」我又說道，「過幾天，一位知名的導演要到江南來，也是為了你的事情來的。林老闆的意思是說，想為你找一個助理，他讓我問問，你需要什麼樣的條件。」

「我不想受人控制。」她說，聲音忽然冷淡了下來。

「你怎麼這樣想呢？人家還不是為了你好？」我說，心裏在責怪她。

「那位導演的助手給我打電話了，我明天去見他。這樣吧，等我見了那位導演再說吧。如果可能的話，我也回一趟江南。有些事情我們見面再說吧。」她說。

這一刻，我的心裏忍不住開始激動起來。她要回來了？她真的要回來了嗎？我激動著，以至於忘記了再和她說話。當我醒悟過來的時候，不知道她什麼時候已經掛斷了電話。

「哥，她說什麼？」陳圓問我道。

我深吸了一口氣，「她說她可能最近要回來。」

她看著我，並沒有激動的表現，「哦。」就這麼一個字。

「她是和一位導演一起過來，你不要多想。」我柔聲地對她說道，隨即去輕輕將她摟在懷裏。

小李將車開到了我家的樓下。

「馮醫生，這是車鑰匙。行車執照在車的遮陽板上面，你的駕駛執照也在那裏，都辦好了。」他對我說。

我看著這輛車，頓時才感覺這車是自己的。

「不知道我能不能開動它呢。」我說。

「這車很好開的。你明天試試就知道了。對了，如果有擦刮什麼的，你就直接給我打電話吧，我去幫你處理。一會兒，我把我的號碼發到你的手機上面，麻煩你存一下。還有，如果你有應酬喝多了酒的話，隨時給我打電話就是。這都是林老闆吩咐了的。」他又說道。

我點頭，心裏對林易感激萬分。頓時，我想起我們今天的那番談話……友情……我心裏頓時暖融融的。

小李走了，我心裏有了一種特別的感覺。那些當領導的有專職駕駛員，這種招之即來揮之即去的感覺原來是如此之好。這一刻，我似乎明白為什麼那麼多人喜歡當官了。

和陳圓一起乘電梯上樓，我發現自從下車後，她就一直沒說話。我心裏大概知道她在想什麼，「陳圓，你別這樣好不好？我和莊晴好是在你前面的，現在我不是已經和她分開了嗎？現在，我只喜歡你一個人，再也不會和她有那樣的關係了。你放心好了。」我說。

其實，我自己並不敢保證自己是否能夠做到這一點，但我會儘量做到，而且這句話也必須要對她講。

「哥，我不是這個意思。」她終於說話了，「我是不想讓我們的孩子長大後，知道你過去的那種生活。如果真的是兒子倒也罷了，萬一是女兒的話……哥，我的意思你明白吧？我不想讓我們的女兒今後變成那樣。」

我頓時無語，心裏卻已經在尷尬了，因為她的意思我完全聽明白了，她是在變相地批評我過去的荒淫。不過，在尷尬之後，我頓時有些惱怒起來，「陳圓，莊晴不管怎麼說也算是你的朋友吧？她在你最困難的情況下照顧過你的。現在，她主動離開了我，獨自一個人去到了北京，她的用心難道你還不明白嗎？現在她要回來了，不管怎麼說，她也算是我們的客人吧？難道你不准她回來？難道你不讓我去見她？你也不願意見她？」

「哥，我不是這個意思……」她低聲地道。

我發現她的神情有些淒苦的樣子，心裏頓時軟了下來，隨即去攬住她的腰。現在，她的腰已經變得比較的粗了。想到她肚子裏面的孩子，我心裏的柔情更多了些，「陳圓，我們不說這件事情了，她回來了我們兩個人就一起去接待她吧，這下你總該放心了吧？」

「哥，我真的不是這個意思……」她還是這樣在說。

我歎息了一聲，「你別說了，我知道的。過去的事情已經發生過了，錯的都是我。我知道你現在很糾結，從你對她的感情上講，應該還像從前一樣對待她，但是從家庭的角度上考慮，你卻又擔心。我知道的。陳圓，這件事情你沒有錯，錯的是我。我現在也不能向你保證什麼，不過，我會隨時想到你和你肚子裏的孩子的。」

「哥，是我不好。」她說，頓時開始流淚。

「唉！你怎麼又哭了？別這樣好不好？你這樣對肚子裏面的孩子不好的。我們的孩子會在你肚子裏面想，媽媽為什麼不高興了啊？是不是爸爸惹她不高興了？好啦，快別哭了，不然孩子生下來後會恨我的。」我柔聲地對她說道。

她「噗哧」一聲笑出了聲來，「哥，他不會吧？」

我也笑，「怎麼不會？今後孩子恨我的話，我可要找你算賬。」

她笑得更歡了，「我不准他恨你。」

一場不愉快頓時轉化為一片溫情。

回到家，我第一件事情就是吩咐保姆燒熱水。

「陳圓，你從現在起，要堅持每天晚上用熱水泡腳。中醫認為，熱水泡腳是一種最好的養生方法。足部是足三陰經、足三陽經的起止點，與全身所有臟腑經絡均有密切關係，腳部是人體健康的晴雨表，堅持用熱水泡腳則是維持健康的好方法。養成睡前用熱水泡腳的良好習慣，不但可以改善下肢血管功能，促進腳部血液循環，降低局部肌張力，而且對調整臟腑功能、增強體質、消除疲勞、改善睡眠大有裨益。中醫認為，春天泡腳，升陽固脫；夏天泡腳，暑濕可祛；秋天泡腳，肺潤腸濡；冬天泡腳，丹田溫灼。特別是你現在出現了下肢輕度的水腫，就更應該堅持泡腳了。」我對她說道。

「那需要泡多久呢？」她問。

「泡到你覺得全身都覺得熱了為止。水溫你自己控制，就是以你覺得舒服為准。」我說。

我忽然想起這件事情是因為我們醫院骨科的一位教授。他一貫主張所有的外科病人都要泡腳。他說，只要一盆熱水就可要讓大多數的病人恢復健康。雖然他的話絕對了些，但是很有道理，畢竟他是經過大量的臨床實踐得出了結論與方法。

保姆很快燒好了熱水，陳圓開始泡腳。

「阿姨，麻煩你明天去買一個木盆回來，專門泡腳的那種。」我吩咐保姆道。

她連聲答應。

我忽然想起了另外一件事情，「阿姨，你是過來人，生孩子需要注意些什麼事情，麻煩你抽空的時候告訴陳圓吧。」

「我們農村人的那些習慣不好。姑爺，你是醫生，不需要我說的。」她笑道。

我搖頭道：「其實農村裏面的很多土方效果還是不錯的，有些需要注意的東西也很有道理。比如坐月子期間不能沾冷水什麼的，真的得講究。不過，有些辦法我覺得不應該提倡，比如懷孕期間不准洗澡什麼的，太不衛生了。」

「是。」保姆笑道，「我們農村人和你們城市裏面的人是不一樣的。這樣吧，我到時候挑那些最重要的講就是。比如坐月子的時候不能吹風什麼的。」

「不能吹風什麼意思？」我詫異地問道。

「就是不能讓頭部吹到涼風，不然的話，今後會頭痛。我媽媽生我的時候就被風吹到了，結果頭痛了一輩子。」她說。

我頓時笑道：「竟然還有這樣的說法？嗯，好像有些道理啊。產後身體虛弱，更容易受到風寒的侵襲，這完全合乎中醫的理論呢。」

「姑爺就是不一樣，你們當醫生的，就是明白人。」保姆即刻奉承了我一句。

陳圓泡著腳，保姆和我就這樣閒聊著，說了很多注意事項，我覺得該注意的都讓陳圓記住了，有些毫無道理、甚至可能有害的方法，我也即刻表示了反對。

陳圓洗完了腳，擦乾後準備站起來，我急忙對她道：「你別動，我抱你進去。」

「哥……」她的臉頓時紅了。

保姆笑著離開。

「趁你的腳還很暖和，我直接抱你上床去。這樣才不至於把泡腳的效果抵充掉。」我說著，隨即去將她橫抱。

她的雙手環抱住了我的頸部，嘴唇在我耳邊輕聲地說道：「哥，我要你天天這樣抱我。」

「好。」我柔聲地對她說道。

「哥，我覺得自己好幸福。」她說道，隨即輕輕地笑。

我也笑，「傻丫頭，這樣就覺得幸福啦？今後你生下孩子，他整天跟在你身後叫你媽媽，這才幸福呢。」

「是啊。我覺得這個時間好漫長啊。他怎麼要在肚子裏面待那麼久啊？早點出來就好了。」她說。

我大笑，「傻丫頭，如果他馬上要出來你就會著急了。你會說，你怎麼這麼不聽話啊？不老老實實地在我肚子裏面待著，這麼早跑出來幹什麼？看我打你的屁股！」

「就是！他敢現在就出來！我一定打他的屁股。」她也大笑。

我拿了一本專業書躺在床上看，她依偎在我的懷裏。

「哥，你不是問我今天我和她說了什麼嗎？」她在說話，聲音柔柔的。

我放下了手上的書，問道：「對了，她對你說了什麼？我發現你們今天好像比以前親密多了。」

「也沒有說什麼，她就是告訴我懷孩子期間和生孩子後要注意些什麼事情。和保姆剛才說的差不多。她，她還看了我的肚子，說我肚子裏面懷的可能是兒子呢。」她輕聲地笑道。

我很詫異，「她怎麼看得出來？」

「她說，我肚子有些尖，肚臍眼是凹進去的。這就表示生兒子的可能性很大。肚子很大，肚臍眼是凸出來的話，就可能是女兒。」她回答說。

「沒有科學道理嘛。」我說，隨即又笑道：「農村裏面好像有這種說法，只不過相當是一種普遍規律罷了，難免有特殊情況發生的。最準確的還是B超檢查。不過，醫院裏面做B超的人不會輕易告訴你。」

「你是醫院裏面的醫生，好像你們婦產科裏面就有專門檢查胎兒的B超吧？她們總會告訴你的是吧？」她問道。

我點頭，「那是當然。不過，我不希望她們告訴我。有些事情提前知道了就沒意思了。其實，我們大多數人都這樣，一方面很關心自己的未來，總是悄悄去找那些算命的人預測自己的未來，但如果真知道自己的未來後，卻又覺得無趣了。人生的精彩就在於我們對未來的無知。你說是不是這樣？」

「哥，你快變成哲學家了。」她笑道。

「我說的是這樣一個道理，與哲學家沒關係。」我笑道，隨即把書扔到了一邊，「睡覺吧，我今天也累了。」

「哥，是不是我影響了你看書？從明天開始，你就不要陪我看電視了，你去書房看書吧。然後，我等你一起睡覺就是。」她說。

我心裏暖乎乎的，輕撫著她的秀髮道：「傻丫頭……」

這天夢裏，我看到了莊晴。她身上穿著一襲紅色的長裙，長裙完全遮住了她美麗的雙腿。長裙的下擺長長地被她拖在身後，裸露出的皮膚白皙得耀眼。她的腰很直，臉上是自信的神態，髮型與她從前的不大一樣，整個模樣像一位國際巨星一樣。

她走到我的身邊，然後轉身直面向我，朝我笑，「馮笑，我漂亮嗎？」

「漂亮。你好漂亮。」我說，頓時從剛才對她的震驚中清醒了過來，「莊晴，你真的成大明星了，我想不到你發展這麼快，而且，你是越來越漂亮了，特別是你的氣質，完全與你從前不一樣了。」

「是嗎？」她說，朝我嫵媚地一笑，「我還是我，還是你的莊晴。」隨即，她撩起了她裙子下擺的一側，露出了我曾經熟悉的那雙美麗修長的腿，「馮笑，你看，它們還是以前的樣子，你以前很喜歡我的雙腿是吧？你再親親，看看感覺是不是還和從前一樣的？」

我扭捏著，「莊晴，你現在不一樣了，我不能那樣了。」

「來吧。」她笑道，隨即捧起我的頭，然後把我的臉放到了她圓渾美麗的小腿上面。

我開始親吻她的那裏。真的和以前的滋味一模一樣。

我頓時感覺到自己內心的激情驟然升騰，那個部位也開始猛然有了反應。

「來吧，馮笑，來愛我。」我聽到頭頂上的她在說話，同時還在輕笑。隨即，我放開了她美麗的小腿，抬頭去看，發現她不知道什麼時候已經撩起了紅色裙子，她竟然沒有穿內褲！

我頓時熱血沸騰。

就在那一瞬間，曾經熟悉的感覺頓時直達我的心底。那種深度，那種被摩擦的感覺與力度，還有其他一切的一切，與我從前和她在一起的時候一模一樣。

「莊晴……」我情不自禁地呻吟了一聲。

「我現在不叫莊晴了。我叫夏小丹。」她說，同時也在呻吟。

夏小丹？我有些詫異。霍然醒來。

窗外已經放亮了。我忽然感到自己的那個部位脹得很難受，尿意正濃，急忙起床朝廁所跑去。

陳圓還處於熟睡之中。回來後，我輕輕鑽進了被窩裏面。我不想馬上起床，因為我覺得自己剛才的那個夢好奇怪。

一般來講，我們所做的夢都是黑白的，但是我剛才的夢卻是彩色的。夢中的我看到的是莊晴身上那一襲鮮紅的長裙。其實我知道，夢中的顏色與當時夢中的情緒有關。如果出現有顏色的夢的話，夢中的顏色也是特別的明亮鮮豔，而且會很美。這說明我在夢中的情緒是特別好的。

我不禁汗顏，難道，我依然在期盼著出軌？心裏依然對莊晴有著那樣的期盼？還有，夢中她所說的那個名字。

我躺在床上開始冥想。這是解夢必需的方式，因為只有這樣，才可以發現自己潛意識裏面真正的東西。

一會兒之後，我明白了。

我夢見的是成為明星後的莊晴，這表達的是我內心的希望，我希望她能夠成功。隨後，我夢見和她歡愛，還有她說的她與從前一樣，這同樣是我的希望。我幫助了她，但並不希望她忘記我。還有就是，她說出她現在的那個名字，夏小丹。夏天小小的一粒丹藥，紅紅的，很可愛的樣子，可以消暑，可以消除百病，我希望她能夠隨時解除我的一切煩惱。

此外，夢裏還隱藏著我的一種擔憂，那就是，我隱隱盼望，她會因為與我和宋梅的關係而阻斷她的未來。說到底，我的這個夢裏希望與擔憂並存，二者非常矛盾，而這種矛盾，卻又是我內心深處最真實的想法。

莊晴……我在心裏呼喚了一聲，歎息著起床。我發現自己再也無法入眠了。

第十章

被綁架的官員

國家的體制是這樣，官員很容易被綁架。
被金錢、女色、親情等綁架，做違心的事情。
我想多掙些錢，雖然掙錢的方式不是很合法，
但是總比通過自己的職務和權力掙錢好吧？
我只有一個目的，就是減少自己被綁架的機會。

吃完早餐後，我去到了醫院。離開的時候，我吩咐保姆不要叫醒陳圓，說道：「讓她好好休息，等她起床後，讓她喝牛奶。還要提醒她吃藥。下午我帶她去醫院。」

隨即我下樓，當我看見那輛車後，才忽然想起，自己可以開車去醫院了。於是，我急忙回去拿車鑰匙。

上車後小心翼翼地將車發動，幾分鐘後，當車匯入車流裏面之後，我忽然興奮起來，原來獨自開車竟然是如此的愉快。

我把車停在醫院的停車場裏面，正準備欣賞這輛車。

「喲！馮主任，你買的新車？」一位內科醫生從我身旁經過，他問我道。

我這才覺得不好意思起來，朝他笑了笑，「不是，借的。」

然後，急忙離開。

秋主任看見我的時候也很詫異，「你怎麼這麼快就回來了？」

我說道：「我妻子她有妊高症的跡象，我只好帶她回來了。準備下午來住院。」

「那可要注意了。你管的病床好像已經滿了，我調一個病人到其他床位上去吧。」她說。

我急忙地道：「不用了，等兩天吧，等我管的床位空出來再說吧。」

「這樣也好。反正你是醫生，在家裏先治療著也可以的。」她說，「你現在是科室負責人了，確實要注意影響。醫生們雖然會理解，但是病人鬧起來影響就不好了。」

雖然她的提醒來得晚了些，但是我依然很感謝。不過，我的想法她可能並不清楚，因為我想要的床位，並不是普通的床位，而是單人病房。

「那我明天還是開始上班吧。」我說。

「你既然已經請假了，那就繼續休息吧。你現在是科室副主任了，今年春節期間就多值幾天班吧，這樣就把你下次的假期輪出來了。這樣的話，大家也會對你另眼相看的。」她說。

我不禁苦笑：原來當領導是很吃虧的。

隨即去找到了護士長，「我管的單人病床空出來後，請你馬上給我打電話，我妻子要來住院。」

「你妻子？她不是……」護士長詫異地問我道。

我這才知道，秋主任並沒有把我再次結婚的事情給科室裏面講過。

「我早就離婚了，後來又結了婚。」我說。

為了陳圓，我覺得這件事情還是直接說出來的好。有些事情隱瞞下去並沒有什麼好處。即使大家會覺得我冷酷無情，或者不近情理，但事情遲早會被大家知道的。與其讓她們晚些知道，還不如現在就告訴她們，反正這已經是既成事實了。然而，讓我想不到的是，護士長並沒有鄙夷我的意思，「馮主任，我們都在背後說呢，都覺得你和你以前那個老婆繼續下去沒意思的啊。唉！你也真是的，運氣不好。」

我不想和她多說這件事情，於是再次吩咐了她，才開車回家。

最近兩天一直待在家裏，待在書房裏面看書。

有了新車以後，總是有一種想要開車出去的衝動，但還是竭力地克制住了自己。

其間，丁香給我打了一個電話來，她問我最近有沒有空，還說要請我吃飯。我說，我和老婆在外地旅遊呢，回來再說吧。

其實，我是擔心自己的心被放出去後會收不回來，還有就是，我對自己拒絕漂亮女人的決心感到懷疑，所以，唯一的辦法就是不去接觸，或者儘量少接觸。

但是，我卻一直在想莊晴可能要回來的事情。

不過，這兩天看書看得很投入，還有一天去了書店，購買了一些新的婦產科類的專業書籍回來。我發現，學習也是一種樂趣。

第三天，我接到了一個電話，而對這個電話的請求，我再也不能拒絕了。

電話是康得茂打來的，「康老師明天手術，今天我們去看看他吧。」

「給他買什麼好呢？」我問道。

他大笑，「你自己就是醫生，難道這都不知道？」

「雖然我是醫生，但我從來都沒有以私人的身分去看過病人。」我苦笑著說。

「沒有什麼比直接送錢最好的了。然後再買點水果、鮮花什麼的。」他說。

「這樣啊，那行。不過，我們倆得送一樣多啊，免得康老師有想法。」我說。

「你別管了，我都準備好了。以我們兩個人的名義給他包的紅包，鮮花和果籃都買好了。你住在什麼地方？我來接你。」他說。

「那可不行。一會兒，我必須把我的那部分錢給你。雖然我們是同學，但這樣的事情還是要分清楚才行。我知道你有錢，但這表示的是個人心意，不然，我會感到愧疚的。得茂，你可不要讓我感到難受啊。」

他大笑，「好吧，我們每個人一千。一千塊錢就能夠讓你感到心安，這樣的事情，我肯定願意做的。」

我也大笑，「那好吧，我們在那家醫院見面。我有車。」

「你買車了？」他問道。

「是啊，正想過車癮呢。」我笑著說。

「不會影響你上班吧？」他又問。

「你是領導都不怕，我怕什麼？」我和他開玩笑。

「馮笑，別這樣說啊。我們可是同學，而且，我還得請你幫忙呢。」他笑道，「好了，我們在那家醫院見面吧。」

半小時後，我們見面了。

他看著我的車很詫異的樣子，「馮笑，看不出來啊，你真有錢。」

「不是我的，我老婆的。」我有些不好意思起來。

「你老婆的難道就不是你的了？你這話說的。對了，晚上有空沒有？我們兩家人一起吃頓飯吧。我們都把老婆叫出來。」他坐到了我車上，「這車真不錯，這可是最經得起撞的車哦，我很想買一輛，只是我不敢。還是你好啊，像這樣的事情無所顧忌。」

「是啊，你們當領導的也有當領導的難處呢。所以，我只想當一個醫生。你看，我多自由？」我大笑。

他也笑，「你還可以天天看美女。喂！剛才我說的事情，你還沒有回答我呢。」他從車上下來，依依不捨的樣子，「這車真好。」

「我老婆懷孕了，還是要少出來的好。」我說。

「哦？恭喜啊。幾個月了？」他問道。

「馬上六個月了。」我說。

「那還早。那就今天晚上吧，我很想看看你老婆呢。今後我們兩家要經常走動，讓我老婆和你老婆也經常來往。馮笑，我孩子都一歲了，我搞得快吧？」他笑著說。

「那好吧，晚上我來安排。」我說。

其實我也知道，他最終目的是想讓我儘快安排常育和他見面。不過我並不反感，因為他是我的同學，這樣的事情我應該幫的，更何況，常育本身也對我說過她要與康得茂見面。

「還是我來安排吧，反正我可以報賬。我知道你有錢，不過那是你自己的。」他笑道。

我看著他，「你的事情已經定了？」

「位置不好，綜合處副處長。」他說，隨即歎息，「綜合處是管幹部下派和幹部培訓的，沒多大意思。」

「總算是解決了你的級別了啊，今後慢慢發展吧。」我說。

他這才笑了，「是啊，所以，還是得我請客。」

「行，那我得好好祝賀你。走吧，我們進去。」我說。

我們進到病房的時候，看見老師正半臥著，他妻子在裏面正收拾病房裏面的東西。這個單人病房確實不錯，大且不說，裏面的設施也很不錯，如果不是裏面的消毒水氣味，就和星級酒店差不多了。

我記得在上高中的時候，老師的妻子是非常年輕漂亮的，但是今天卻發現，她除了依稀還有當年的模樣外，已經變得很蒼老了。

康得茂和我一起走到老師的床前，老師的妻子從康得茂的手術接過果籃，從我的手上接過鮮花，嘴裏在道謝。老師在床上微笑。

康得茂摸出紅包，道，「康老師，這是我和馮笑的一點心意，沒其他什麼意思，只是希望老師能夠早日康復。」

老師笑著接過了紅包，歎息道：「還是自己教過的學生好啊，謝謝你們了。」

我有些感慨與疑惑：難道老師完全忘記了他以前是如何對待康得茂的事情了？隨後，我們和他說了些話。不管怎麼說，現在他已經住到了這家醫院，而且明天即將手術，讓他寬心才是最重要的。

從病房出來後，康得茂站在停車場裏面發呆。

我詫異地問他：「怎麼啦？」

「這人啊，真沒意思。」他忽然冒出了這麼一句話。

我詫異地看著他問道：「怎麼這樣說？」

「馮笑，難道這些年你一直沒聽說過他的事情？」他問我道。

我搖頭，「我讀了很多年的書，除了寒暑假回家之外，幾乎很少與以前的同學聯繫。即使是寒暑假，我大多數的時間也是待在家裏的。他有什麼事情？你說來我聽聽。」

「其實也沒什麼。」

他歎息道：「康老師一生好強，據說他第一次評職稱沒被評上，於是心裏憤怒，跑到學校校長面前大吵大鬧，說，我教書教得那麼好，幹嗎我通不過？我不是為了錢，我有錢！我是覺得你們不公平！旁邊的老師們勸住了他，可你知道他接下去幹了什麼事情嗎？」

「什麼事情？」我問道。

康得茂搖頭歎息道：「他隨即去買了一台電腦，然後，背著去到學校校長的辦公室門口處大聲嚷嚷，我有錢，我不在乎錢！你不知道，當時電腦還沒有普及，那東西可是奢侈品！結果，他把電腦買回家後，發現自己根本不會使用，而且兩個孩子的學費後來差點交不上了。唉！他就是那樣一個人，一輩子好強。現在你看，生病了，結果還那樣。有什麼意思嘛。」

他說的事情我完全相信，因為老師的性格就是那樣。

「好了，晚上我們倆一起喝酒，還是上次吃飯的那個地方吧，怎麼樣？」他隨即對我說道。

「好，最近幾天，我儘量與常廳長聯繫一下，看看她的時間。」我說。

「不著急，一定要她有空的時候再說。」他笑道，「馮笑，我們是老同學了，我也就不和你說客氣的話啦。」

「要說的，你說了我心裏舒服。」我大笑。

晚上我和陳圓準時到了那家酒樓。

康得茂早到了，他和他老婆在酒樓的門口處迎接我們。我心裏很高興，但卻做出一副不滿的樣子，「你傢伙，幹嗎這麼客氣？」

「我們也是剛到，所以就在這裏等你了。」他說。

我大笑，隨即把陳圓介紹給他們，他也把他老婆介紹給了我們。

他老婆看上去很年輕，應該比我們的年齡小四五歲的樣子，不過模樣比較普通，是屬於那種掉到人堆裏一時半會兒不容易認出來的那種類型。

他和我朝酒樓上面走去，他老婆和陳圓在我們身後跟著。

「馮笑，你這傢伙竟然娶了這麼漂亮的一位老婆。你真有福氣，美女都被你一個人享受完了。不行，今後，你得教我如何讓美女喜歡才行。」康得茂低聲對我說，同時還輕輕拍了拍我的肩膀。

我急忙轉身去看後面，發現陳圓和他老婆與我們還有些距離，頓時鬆了一口氣，「你這傢伙，老婆就在後面呢，難道你不怕？」

「我說話輕聲，她們聽不見。」他笑道。

晚上我和康得茂都沒有喝多少酒，因為我們都得開車。我和他大多數時間都在說以前班上同學的事情，兩個女人成了我們的忠實聽眾。

本來已經模糊的那些中學記憶，在少許酒精的作用下，慢慢變得清晰起來。我發現，原來自己的中學時代竟然也有那麼多值得回憶的美好。

不過，我看得出來，康得茂在刻意迴避他那時候的窘迫，所以，我也就根本不提他的事。由此我知道，其實他的內心還是很在乎很計較那時候的事情的。

我心裏不禁歎息：一個人的傷痛，有時是永遠無法彌合的。

對康得茂來講，他中學時代因為貧窮而遭受到的那些歧視永遠無法被原諒；而對我來講，趙夢蕾的自殺對我造成的心理陰影也是無法抹去的。

晚餐要結束的時候，我的電話忽然響了起來，我看也沒看就接聽了，因為康得茂正在朝我舉杯，我的一隻手上在與他碰杯。

「馮笑，我們現在上飛機，約兩小時後到江南機場。」電話是莊晴打來的。

我的心情頓時激蕩起來，「林老闆知道這件事情嗎？」

「知道的，他已經安排好了我們的房間，還有接機。」她回答說。

「太好了，我馬上問問林老闆。」我說，心裏暗自奇怪：林易幹嗎不告訴我這件事情呢？

「你有事情？」康得茂敏感地發現了我的心不在焉。

我點頭，「我一位朋友馬上到江南，我要去機場接她。得茂，謝謝你的晚餐，下次我請你們吃飯。陳圓，莊晴兩個小時後到，你去接她嗎？」

現在，我不想管林易是怎麼安排的了，只覺得我和陳圓都應該去接她才對。

「你去我就去。」陳圓笑著對我說。她的神情很自然。

「那好吧，下次我們再找時間聚聚。可惜我們在省城的同學太少了，不然大家經常在一起喝喝酒，聊聊天什麼的，該有多好啊。」康得茂笑道。

「歐陽童好像在省城，你聯繫過他沒有？」我忍不住地問了他一聲。

「是嗎？我找人問問他的電話。」他說，隨即對他老婆道：「你去結賬，記住開發票。」

我明顯感覺到，他似乎有話要對我說，於是拿出車鑰匙對陳圓道：「你去車上等我一會兒，我馬上就下來。」

兩個女人離開了。

「馮笑，有件事情不知道你有沒有興趣？」果然，康得茂開始問我了。

「什麼事情？」我笑著問他道。

「現在房地產行業越來越興旺，房價也是一天天見長。墓地也是一樣。現在我們省城原有的公墓面積太小，而且隨著城市的擴展，已經逐漸靠近了那個地方，據說政府準備將那地方搬遷到其他的地方去。現在民政廳正在規劃一處新的陵園，據說選址都已經完成了。你可能不知道陵園的客觀利潤吧？你與常廳長有著那麼好的關係，所以我想問問你，不知道你對那個專案有沒有興趣？」他說。

我在心裏苦笑：怎麼又是那個專案啊？看來人們都一樣，在高額利潤面前都在心動啊。

「我不懂那玩意。而且我想，那樣的專案要啟動的話，可不只要一點點錢吧？」我說道。

「是啊。不過不需要我們出面的，你可以從中協調關係，然後獲取股份或者傭金啊。」他說。

我有些詫異，「得茂，難道你有那麼多的資金？」

他頓時笑了起來，「我哪來那麼多的資金？我是國家公務員，不可能去具體參與那樣的事情的。」

「那你的意思是？」我問道，心裏有些不大明白。

「我認識一位老闆，他可是很有實力的，而且還是我們家鄉人。他很想介入那個專案。怎麼樣？你幫忙想想辦法？」他說。

我很為難，因為那個專案已經牽扯進去好幾個人了，宋梅也是因為那個專案才丟掉了性命的。但是，這些事情我又不好對康得茂講，因為我不想讓他知道我以前的那些事情，更不想因此暴露常育曾經與宋梅和我的約定。

「怎麼？你覺得不合適？」他問道。

我不好直接拒絕他，「這樣吧，我問了常廳長再說，不是正好要請她出來吃飯嗎？我抽時間去問問她。」

「專案的事情你不要說到我啊。那樣不好。」他急忙地道。

「為什麼？」我詫異地問他道。

「畢竟我現在和她還不熟悉，而且，對於專案的事情來講，領導是很忌諱被組織部或者紀委的人知道具體情況的。所以，你最好不要對她說我知道這件事情。你就說是你老鄉，或者說是同學都行。」他說道。

我搖頭，說道：「這樣就不好辦了，你說的那個人我根本就不認識，他的為人怎麼樣，以前幹過什麼等等，我什麼都不知道，到時候你讓我怎麼去對常廳長說啊？」

「本來說好了今天晚上和那位老闆一起喝茶的，既然你有事情，那就以後再說吧。明天怎麼樣？」他問我道。

我想到莊晴要回來的事情，現在還不知道她明天的具體安排，「最近幾天可能都不行。這樣吧，我有空就給你打電話。」

他說道：「可是，那個專案已經在網上公佈了，準備向全社會招標呢。有些事情你是知道的，網上公佈，那其實只是一種形式，最終的結果還需要關係去運作。現在時間已經很緊迫了，已經有人在開始報名競標。所以，需要你抓緊時間才行。」

對這個專案，我本能地反感，現在聽說時間又如此緊迫，所以第一個想法就是馬上拒絕，「得茂，我覺得你說得對，這樣的專案，說到底還是關係在起作用。也許省裏面已經有很多領導打了招呼呢，就憑我與常廳長的關係，估計根本就沒有希望拿到這個專案的。」

「恰恰相反，據說，省裏面的領導還很少有人打招呼呢。」他笑道。

我很詫異，「為什麼？你從什麼地方知道的？省裏面的領導打沒打招呼，要常廳長或者民政廳裏面的其他領導才知道啊？」

「我和民政廳的另外一位副廳長熟悉，是他告訴我的。他還對我說，那個專案讓民政廳曾經的朱廳長出了事情，還引發了一件刑事案件，所以，常廳長很慎重，省裏面的領導也很注意，因為那個專案很容易吸引公眾的目光。你看，這不是我們的機會來了嗎？」他笑著對我說。

原來，那個專案的前後經過很多人都已經知道了。我不禁有些疑惑，因為我不知道常育是如何對她的領導和同事們說起宋梅和斯為民的事情的，雖然她以前在我面前說過一些，但是具體的情況我並不知道。

我看了看時間，「今晚確實不行了。這樣吧，明天我看看情況再說好不好？」

「好吧，明天再說。我們下去吧，你老婆懷孕了，得多照顧她才是。專案的事你不要為難，不行就算了。我今後注意一下，看還有什麼賺錢的專案沒有，我那裏資訊靈通。馮笑，現在沒錢不行啊，我們都得找機會掙錢才是。」他說。

「哥，你這位同學還真像個當官的。」上車後，陳圓笑著對我說道。

我有些詫異，問她道：「你怎麼有這樣的感覺？」

「他看上去比你沉穩，而且又那副派頭。」她笑著說。

我更不明白了，「派頭？派頭是什麼東西？」

「就是那種感覺，我也說不清楚。『你去結賬，記住開發票。』他對他老婆說話的時候都是那樣。哈哈！」她笑道。

我也笑，「還別說，真的是那樣。」

「哥，莊晴今天晚上住哪裏？」我剛剛說完話，就聽到她在問我，頓時一怔：她怎麼問我這個問題？

「林老闆已經安排好了，我還不知道呢。」我說，「這樣，我馬上給林老闆打個電話。」

「讓她到我們家裏來住吧，我們很久沒有在一起吃飯了。」她說。

我將車停下，看著她，很奇怪地看著她，「這怎麼可以呢？人家這次回來是談工作的事情，她是跟著那位導演過來的，你以為她是回來玩的啊？」

「哥，你不覺得奇怪嗎？你說，他憑什麼願意花那麼多錢去讓莊晴姐出名啊？」陳圓問我道。

我一怔，隨即歎息道：「陳圓，他這都是為了你啊。因為他不想讓我和她再回到以前的那種關係，所以，希望她能夠有好的發展，然後去走她自己的路。」

「我覺得不是這樣的。」她卻幽幽地說道，「花那麼多錢去幫助一位和自己沒一點關係的人，即使是為了我，也說不過去。我覺得，這件事情怪怪的。」

「也許你認為他花的錢很多，但可能他不這樣認為呢。他那麼有錢，幾十萬對他來講，就如同我們的幾百或者幾十塊錢一樣。」我說。

「怎麼可能？不能那樣比的，購買力完全不同。再有錢的人也不會拿著幾十萬上百萬到處亂扔吧？」她依然不贊同我的說法。

「陳圓，你這是怎麼了？難道你認為是他看上莊晴了？不會吧？」我笑著問她道。

她搖頭，「我不知道，反正我覺得這件事情怪怪的。」

我也搖頭，「你呀你！」

隨即，我拿起電話開始撥打，說道：「他們今天晚上就到，你怎麼不告訴我呢？」

「太晚了，準備明天再告訴你的。晚上你要陪小楠，我擔心她的身體。而且，今天晚上我主要是和那位導演談事情，當著莊晴的面談，不然的話，我擔心今後很多事情不能落到實處。明天下午他們就回北京，中午我們一起吃飯吧。」林易回答。

「這樣啊，我明白了，謝謝你。」我說，心裏暗自慚愧。

隨即，我把情況告訴了陳圓，「你看，莊晴哪裏有時間到我們家裏來吃飯啊？明天中午我們與她一起吃飯就是，順便也去見見那位知名的導演。」

「這樣也行。」她說。

我感覺到她有些高興起來了。

「那這樣，我先送你回去，然後，我到我們社區外邊的茶樓裏面談點事情。剛才康得茂給我說了件事情，我給推了。既然今天晚上沒事了，那我就正好有時間和他說事了。」於是我對她說道。

「嗯。」她沒有說什麼。

我即刻給康得茂打電話，「今天晚上沒事了，一會兒你把那位老闆帶到我社區外面的茶樓來吧。我把陳圓送回家後就出來。」

「太好了，我馬上與他聯繫。」他說。

我這才將車繼續開動。

將車停在樓下的車庫裏面，然後陪著陳圓上樓，我突然想起了一件事情，「陳圓，你把那東西送給康得茂的老婆了嗎？」

「送了，她不要。」她說。

陳圓隨即從她包裹拿出一個小盒來，說道：「我也沒辦法。」

那是我給康得茂的老婆選的一對耳環，從別人送給我和陳圓的結婚禮物裏面選出來的。

「算了吧。」我說，也不好責怪她。

「我說了幾次，但是人家堅決不要。她說這東西太昂貴了。」陳圓繼續在說。

我暗自驚訝，看來康得茂的老婆也見過世面的，不然的話，她怎麼知道那東西很昂貴？

「算了，她不要就算了。沒什麼，反正我們是同學關係。我是覺得，他請我們吃飯，我們要送她東西的，下次我們回請就是。」我笑道。

「這倒也是。」她也笑了。

我隨即出門。

去到茶樓的時候，沒發現康得茂，我急忙打電話。

「我們在雅間裏面，已經給你泡好了茶。」他說，我隨即聽到了手機之外他的聲音。

「馮笑，怎麼了？今天你那朋友不來了？」他問我道。

「另外的人去接了。」我回答。不知怎麼，我忽然有了一種蕭索的情緒。

「太好了，這才夠哥兒們嘛。」他說著，隨即帶我進到了一個雅間。

進去後，我頓時大吃一驚，原來康得茂說的那個什麼老闆，竟然是一個女人，而且還是一個漂亮的女人！

「我介紹一下，這位是我同學馮笑，馮醫生。」康得茂對那個女人道，隨即又看著我說：「這是我們老鄉，我們家鄉出來的女強人寧相如女士。」

我即刻轉過神來，「寧總好，你這名字好像是古代一位名人啊。」

「不一樣的，我是列寧的寧，還有，我是女人。」她笑道，「久聞馮醫生的大名了啊，今天一見，果然是一表人才啊。」

我坐下，再次笑道：「寧總這話，我好像是在什麼地方聽到過。對了，是電視劇裏面。」

她大笑，「這倒是，還有武俠小說裏面。不過我說的可是真話。我可早就聽說過你呢。只不過我身體一直很健康，所以就沒有來找你。」

「最好別來找我，因為我希望你永遠健康。」我笑道，隨即對康得茂說道：「說吧，談談你們具體的想法。我先說清楚啊，這件事情我不敢保證的。」

「那倒是，現在的事情，誰敢保證呢？」寧相如笑靨如花。

我發現她的美麗來自於她五官的精緻。她有著一張北方女人的臉，方正、寬大而白皙。她的雙眼不大不小，雙眼皮，鼻子很挺，鼻翼適中。她的嘴唇棱角分明，不厚不薄。還有，她的頸部細長，使得她穿的白襯衣領子在翻出外套後，顯得很是端莊。

「寧總，你先介紹一下你們公司的情況吧。」康得茂隨即道。

「好的。馮醫生，我很早就到省城來發展了，前些年主要是做服裝批發，然後經營品牌服裝，最近幾年，我開始涉足房地產行業。城西的好幾個社區都是我開發的。目前，公司經營得還不錯。

「這次的這個陵園專案，我已經在民政廳報名了，但是這次我完全沒有把握。因為我不認識民政廳的主要領導，省裏面的領導也不怎麼熟悉我。後來聽到康處長說，你和他是以前同學，而且還聽說，你與常廳長的關係不錯，所以，很想麻煩你替我想想辦法。

「這次民政廳的招標文件上寫明了他們要占百分之五十一的股份，而參與投標者只占百分之四十九，也就是說，民政廳要控股。不過，我粗略地計算了一下，這個專案今後的利潤還是非常可觀的，比我們搞房地產開發可要強多了。我現在也不多說，只要專案拿下來了，我願意拿出百分之十的股份，或者與這百分之十相當的錢出來，感謝你和康處。」她說。

「不是百分之十的利潤，而是百分之十的股份。馮笑，你明白嗎？」康得茂提醒我道。

我點頭，「現在說這些有什麼用處呢？我都不知道事情能不能成。」

「馮醫生說得對。看來你是個實在人啊。這樣吧，關於我感謝你們的這件事情，咱們暫時放一下，請馮醫生先問清楚了再說。」寧相如笑道。

我點頭，「我儘快給你們回話。」

「馮醫生，這是我的名片。」她隨即對我說道。

「謝謝，」我接了過來，看了看，「這樣吧，有消息了我給得茂打電話。」

「行。」她說，「那我們就不打攪你了。」

「寧總，你先回去吧，我和馮笑再坐一會兒。」康得茂說。

「好的。」她微微地笑道，然後站起來離開。

我看著康得茂怪怪地笑。

「別這樣看著我笑。我和她不是你想像的那種關係。」他說，在苦笑，「說實話，我還是很喜歡她的，所以這次也答應給她幫忙。但是，這個女人太難搞定了，就如同一坨肉，只能夠聞到它的香味，但就是吃不到。唉！」

我頓時被他的這個比喻逗笑了，「你是不是覺得她很漂亮，所以就很想把人家搞定？也許人家很愛她的老公呢。傳統的女人是最難搞定的。」

「她早就離婚了。她有一個兒子，現在跟著她。有一次她對我說，要和她好的話，必須有兩個條件，一是要接納她的兒子，二是要和她結婚。唉！這怎麼行呢？」他歎息道。

我大笑，「你傢伙，完全是為了得到人家的身體，她當然不幹了。」

他依然在歎息，「也不是那樣的啊，我願意長期和她在一起的，只要不結婚就行。我有自己的孩子，也不可能離婚的啊。」

「這件事情是有些麻煩。問題是，如果我幫助她得到這個專案的話，你就有機會了嗎？」我笑著問他道。

「至少機會增加了吧？即使不行的話，能夠賺到錢也行啊。你說是不是？我們每個人至少上千萬吧。」他說。

我頓時沉思起來。因為我忽然想到一個問題：假如我去給常育說這件事的話，林易會不會有什麼想法呢？要知道，我可是剛剛勸說他不要去做這個專案的啊。

「馮笑，我今天才發現你很厲害的，很有談判技巧。到時候只要常廳長答應了，你完全可以把標準提高到百分之十五啊。」他繼續在說。

「不是這個問題。我覺得這件事情很複雜。說實話，雖然我和常廳長的關係不錯，但是卻很不想給她添麻煩，更不想讓她為難。」我搖頭道，「不過，既然你說出來了，我還是去問問吧。萬一有機會呢？」

「對呀，就是這個道理。只要有百分之一的機會，就要百分之百去努力，這才是成功之道啊。」他說著，做出摩拳擦掌的樣子，「馮笑，我們出去喝點酒好不好？今天我很高興。」

「這……」我說。

我想到陳圓在家，還有，莊晴可能馬上就到了，雖然今天晚上不需要我接待他們，但是萬一她想要見我呢？

「走吧，我們少喝點，一邊喝酒一邊說話。今天難得這麼高興。對了，你傢伙，幹嗎給我老婆送東西啊？你這不是為難我嗎？我們是同學，這樣送過去送過來的，很麻煩你知道嗎？我給你說啊，從今往後，我們之間不要互相送禮，那樣很傷腦筋的。」他說。

「好吧。」我說，「我也是因為第一次見你老婆才那樣做的。反正又不是我買的東西，是我和陳圓結婚的時候，人家送的禮物。呵呵！不說這個了，走吧，我們喝酒去。」

就在茶樓下邊的一處小飯館裏面，我和他要了幾樣涼菜，一盆麻辣泥鰍，還有一瓶本地白酒，然後開始慢慢喝酒。

「馮笑，你說，我們活著是為了什麼？」閒聊了一會兒後，康得茂忽然問我道。

我一怔，「這個問題太大了吧？活著就是活著唄，哪裏還有為什麼。有人說，活著就是為了等死，還有人說，活著是因為父母把我們生了下來。我才懶得去想這些問題呢，因為我覺得思考這樣的問題，完全是自尋煩惱，毫無意義。」

「怎麼會毫無意義呢？有些問題想明白了才會有目標，活起來就更加滋潤了啊。你說是不是？」他笑著說。

這下我反倒奇怪了，「那你說說，我們活著是為了什麼？」

他淡淡地笑了一下，和我碰了碰杯，「我覺得吧，我們活著是為了體驗悲歡離合，生老病死，還為了實現自身的理想、欲望以及價值。活得很累、很辛苦，是因為社會的不公平；活著很無奈、傷心難過，是因為人生本來就是如此。

「我以前的情況你是知道的，那時候真的很辛苦。我家在農村，兄弟姐妹一共五個，我父母根本就供不起我們讀書，但是他們做到了，我們所有的孩子都讀完了高中，所以，我很敬重自己的父母，如果不是他們的話，我永遠不會有今天。

「你問過我，為什麼不恨康老師，實話告訴你吧，我恨他的，一直到現在都恨他，但是我卻又感激他，因為他讓我知道了一樣東西，那就是，不管你的成績有多好，你沒錢的話，就會被別人看不起。所以，是他讓我有了自我發展的動力。

「馮笑，你沒有經歷過那樣的生活，所以，你可能不會理解我遭受的那些痛苦。不過現在好了，我終於解脫了，至少不會再為吃不起飯、沒有住處而感到難過了。不過，我希望我自己能夠做得更好。今後，如果有機會的話，我儘量爭取到基層任職，當上一個縣的縣長書記什麼的。

「我一直有一個夢想，那就是，如果自己真有了那樣機會的話，我一定要為當地的老百姓做些實事，特別是不要讓那些貧困家庭的孩子們再吃苦。馮笑，呵呵！我的要求不高吧？」

我被他的話感動了，搖頭道：「不高，很實在。如果現在的官員都像你這樣想就好了。」

「雖然聽起來簡單，其實要做到也很難的。」他歎息一聲。

「我們國家目前的體制就是這樣。官員很容易被綁架。被金錢、被女色、被親情等綁架，然後，不得不去做一些違心的事情。所以，我想趁現在有機會的時候多掙些錢，雖然有些掙錢的方式不是很合理合法，但是總比通過自己的職務和權力掙錢好吧？我的目的只有一個，那就是減少自己被綁架的機會。其實，對一個男人來說，金錢的誘惑才是最大的。如果我有錢的話，應該就不存在這個問題了。」

我朝他舉杯，說道：

「得茂，說實話，我還真是很不瞭解你。現在我知道了，你很不容易，很值得尊重。因為你現在的一切，都是你自己奮鬥的結果。雖然我的父母並不富裕，但是我從小到大從來沒有吃過你這樣的苦，而且一直都很順利。也許這也是我不求上進的緣故吧。說實話，上次趙夢蕾的事情讓我差點垮了，不過現在看來，自己確實是太脆弱了些，很慚愧啊。來，我敬你一杯，謝謝你今天告訴我這些事情。我是真的感謝你。」

「謝謝你理解我。唉！其實我也活得很累。還是你好啊。不但收入可觀，身邊還有那麼多美女。最關鍵的是，你無所謂，因為你不是官員，所以沒人會管你。我可就不行了。你說的那些對待女人的招數，我都知道的，但是我不敢的。我是男人，是男人都會喜歡美女的，這是人的本性。你看，這位寧總是我們老鄉，本以為這樣安全一些，但是人家又不願意。煩惱啊！」他隨即歎息道。

我大笑，覺得他其實很好玩的，「得茂，我覺得吧，女人再漂亮，得到了就覺得無所謂了，也許你現在這樣感覺更好呢。」

「我不這樣認為。」他搖頭道，「我們是男人，要得到才能夠滿足自己內心的那種征服感，得不到，就永遠有失敗的感覺。你說是不是？」

我一怔，覺得他的說法好像還很對，頓時大笑，「對，有道理。」

「馮笑，」他忽然看著我，「你這傢伙，不要到時候把她給拿下了吧？」

我頓時愕然，隨即又笑，「那很難說哦，她又不是你老婆，也不是你情人，我可沒有什麼顧忌的。」

當然，我完全是和他開玩笑的。現在，我已經開始刻意排斥漂亮女人了。

他張大嘴巴看著我，隨即露出可憐巴巴的樣子，「馮笑，求求你，你就放過她吧，給我留下好嗎？」

我大笑，「好，我給你留下。不過你要知道，美女可是稀有動物，資源短缺得很。所以，我只能向你保證，在五年之內不動她，怎麼樣？」

他怔了一下，隨即咬牙切齒地道：「好，五年就五年！」

我覺得自己的玩笑開得有些大了，「得茂，我剛才是和你開玩笑的。你想，我可是婦產科醫生呢，對美女的免疫力可是很強的。你放心好了，五年後她還是你的，我絕不會去動她的。」

他大喜，「真的？太好了。馮笑，你真夠哥兒們。」

我想不到他竟然認真了，說道：「我剛才真是和你開玩笑的。不過，即使我對她沒想法，其他男人也會對她有想法的啊。她畢竟是美女，很吸引人的。你說是不是？」

「是啊。」他呆呆地道，「那你說怎麼辦？你幫我出個主意。」

我苦笑，「我能有什麼主意？難道你敢對她霸王硬上弓不成？」

「我不會那麼下流無恥吧？」他苦笑道。

「我問你，她真的一點都不喜歡你嗎？」我問道。

「這……好像不是吧？我覺得，她好像是有些喜歡我的，只不過她太保守了，才不願意和我這樣的已婚男人密切交往吧？對了，她原先的男人，也是因為有了外遇，她才提出來離婚的。」他說。

「得茂，我問你一個問題，你千萬不要生氣啊。」我說道，因為我忽然想到了一個問題，而且心裏有些奇怪。

「你說吧。我們誰跟誰啊？」他笑道。

「你說，她一個女人，能夠把生意做到現在這麼大，難道只是靠她一步步做起來的？特別是現在的房地產行業，她如果……得茂，我的意思你明白吧？」我隨即說道。

「用錢開路不就得了？」他說。

不過，我明顯地看出他的底氣不足了。

「如果是男人倒也罷了，但她是女人啊？還是漂亮女人。現在那些部門的男人們可是很難說的。正如你所說的那樣，是男人就會喜歡美女。所以，我覺得她很難說沒有秘密的情人在幫她。只不過那個男人的權力還不是很大罷了。」我說道。

他頓時沉默了，一會兒後才問我道：「馮笑，那你覺得我完全沒機會了？」

我搖頭，「恰恰相反，我覺得你機會很大。只不過，你以前沒有找到她的弱點罷了。」

「馮笑，強迫的方式我可不會去幹的。那是犯法。而且，她也會因此而恨我的。」他正色地道。

我頓時笑了起來，「誰讓你去犯法啊？」

他大喜，「難道還有其他的辦法？」

「來，我們喝酒。」我故意逗他，所以決定暫時不給他講。

他急忙追問我道：「馮笑，快說啊。」

我慢騰騰地說道：「我們的江南特曲還是不錯的，味道純正，還回甘。」

「哎呀！你急死我了，快說啊。」他更加著急了。

這時候，我的手機響了起來，我急忙去看，驚喜地發現，是莊晴打來的。

「怎麼？現在才到？」

「什麼啊，早到了。我還以為你會來接我呢。馮笑，你這個沒良心的！」她不悅地道。

我急忙地解釋，「不是的啊，是林老闆說今天晚上你們要談事情，所以讓我明天中午來陪你們吃飯呢。」

「這樣啊，那你現在在什麼地方？」她問道，語氣緩和了許多。

「就在我家的外邊和我同學喝酒。」我回答說。

「我馬上過來。」她即刻地說道，隨即又低聲地問我：「陳圓不在吧？」

我心裏頓時一陣激蕩，「沒有，她在家裏呢。」

「我馬上搭車過來，最多二十分鐘。」她說，電話隨即被她掛斷了。

康得茂早已經急得不行了，逼問我道，「你剛才還沒回答我的那個問題哪！快點說吧！」

我見他著急成這個樣子，連話都說不清楚了，頓時大笑起來，「得茂，你喝醉了沒有？」

「怎麼會呢？還早。」他說。

「你那位寧相如的酒量怎麼樣？你瞭解嗎？」我又問道。

「好像不怎麼樣。反正我幾次和她吃飯，她都沒怎麼喝酒的。」他回答說。

「如果你馬上把她叫回來的話，也許今天晚上你就有機會了。」我看著他，笑瞇瞇地對他說道。

「你這話是什麼意思？」他瞠目結舌地看著我。

「你對她講過你喜歡她的事情沒？」我問他道。

他搖頭，頭搖得像撥浪鼓似的，說道：

「那怎麼好意思說呢？我只是多次暗示她，或者以開玩笑的方式對她說過。可是，人家根本就不接招啊！」

「你把她灌醉，然後你自己也醉了，這樣你就膽子大了。而且，你知道嗎，這女人其實和我們男人一樣的，在酒醉後感情特別脆弱，很容易動情甚至色心大發的。」我笑道。

他張大著嘴巴看著我，「不會吧？」

「信不信由你。其實，這女人和機會是一樣的，稍縱即逝，如果你不好好把握的話，今後會後悔的。」我淡淡地道。

「我馬上打電話。」他咬牙切齒地道，可是隨即又來看我，神情諂媚，「萬一她不同意來的話怎麼辦？你先告訴我。」

我大笑，「她一定會來的，只要你這樣對她講。」

於是，我告訴他說，「你就對她說，我有事情剛才搞忘了，如果她還不願意來的話，就說我已經給常廳長打電話了。」

康得茂說，「那怎麼行，萬一她要問起你常廳長怎麼說的，你怎麼辦？」

我說，「很簡單啊，就告訴她說，常廳長需要她公司的資料。反正我要去見常廳長不是？我到時候把她公司的資料帶去就可以了。」

康得茂說：「你太壞了，」隨即拿起電話撥打，說，「我和馮醫生還想去喝點酒，馮醫生的意思是，希望你也能夠來。你來嗎？」

結果還沒說下面的話，她竟然就答應了。

康得茂當時憂慮地看著我說，「馮笑，你的魅力這麼大啊？以前我叫她，她總是推三阻四的，今天怎麼一下就答應了？」

我說，「我和她可是第一次見面，而且，她還有那麼大的事情要我幫忙，這個面子她肯定要給的，僅僅如此罷了。」

康得茂這才高興了起來。

接下來，他問我，「她來了以後怎麼辦？」

我說，「你傻啊，喝酒啊，把她喝醉了，你不就有機會了嗎？」

他連忙說，「對對對。」

我又笑道，「如果我前面的那個判斷是準確的話，那你就絕對有機會。因為我今天看得出來，她對那個專案很看重。」

康得茂頓時猶豫了，他說，「萬一常廳長不答應呢？」

我笑道，「你不是說你的資訊很靈通嗎？只要你今天晚上拿下了她，今後還愁找不到機會補償她？」

他說，「我還是覺得很難。」

我笑著說，「沒事，到時候我暗示一下她就是了。像她那麼聰明的女人，一定懂得我的意思。」

於是，他問我準備如何暗示，我就說，「到時候你就知道了，不過，你得好好配合我。」

請續看《帥醫筆記》之八　富商巨賈

帥醫筆記 之7 身世蹊蹺

作者：司徒浪
發行人：陳曉林
出版所：風雲時代出版股份有限公司
地址：105台北市民生東路五段178號7樓之3
風雲書網：http://www.eastbooks.com.tw
官方部落格：http://eastbooks.pixnet.net/blog
Facebook：http://www.facebook.com/h7560949
信箱：h7560949@ms15.hinet.net
郵撥帳號：12043291
服務專線：(02)27560949
傳真專線：(02)27653799
執行主編：風雲編輯小組
美術編輯：風雲編輯小組

法律顧問：永然法律事務所 李永然律師
北辰著作權事務所 蕭雄淋律師

版權授權：蔡雷平
初版日期：2015年10月
初版二刷：2015年10月20日
ISBN：978-986-352-204-1

總經銷：成信文化事業股份有限公司
地　址：新北市新店區中正路四維巷二弄2號4樓
電　話：(02)2219-2080

行政院新聞局局版台業字第3595號 營利事業統一編號22759935

定價：280元　特價：199元

國家圖書館出版品預行編目資料

帥醫筆記／司徒浪著. -- 初版-- 臺北市：風雲時代，
2015.06 -- 冊；公分

ISBN 978-986-352-204-1（第7冊；平裝）

857.7　　　104008026